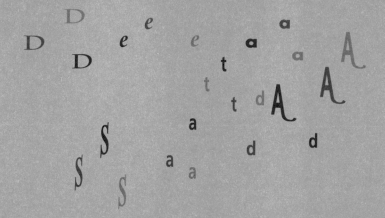

La escritura desatada
destos libros da lugar
a que el autor pueda mostrarse épico,
lírico, trágico, cómico, con todas
aquellas partes que encierran en sí las
dulcísimas y agradables ciencias
de la poesía y de la oratoria;
que la épica tan bien puede escribirse
en prosa como en verso. ✍

MIGUEL DE CERVANTES
El Quijote I, 47

¡QUE VIENE EL ZORRO!

CORNELIA FUNKE

¡QUE VIENE
EL ZORRO!

Traducción de María Alonso

EDICIONES B
GRUPO ZETA

Barcelona • Bogotá • Buenos Aires • Caracas • Madrid • México D. F.
Montevideo • Quito • Santiago de Chile

Título original: *Die Wilden Hühner Fuschsalarm*

Traducción: María Alonso

1.ª edición: junio 2006

Publicado originalmente en 2005 en Alemania
por Cecilie Dressler Verlag GmbH & Co. KG

Ilustraciones de cubierta e interiores: Cornelia Funke

ISBN: 84-666-2691-3

Impreso por Quebecor World.

*A todas las Gallinas Locas
y en especial a Lina, Henrieke y Lynn*

Prólogo

Para todos aquellos que todavía no las conozcan, las que están ahí, a la izquierda, son las Gallinas Locas: Sardine, Frida, Melanie, Trude y Wilma. Las cinco forman una auténtica pandilla y, aunque de vez en cuando se reúnan simplemente para charlar saboreando una buena taza de té, ya han vivido juntas muchas aventuras fascinantes. Una vez, por ejemplo, cazaron a un fantasma; otra, se embarcaron en la búsqueda de un tesoro, e incluso un día pescaron a cuatro chicos con una red en plena noche.

Esos cuatro chicos aparecerán también en esta historia. Se llaman Fred, Torte, Steve y Willi, son los Pigmeos, y llevan como distintivo un aro en la oreja. Hace ya mucho tiempo que han olvidado la vergüenza que pasaron con lo de la red. Van a la misma clase que las Gallinas Locas y están muy orgullosos de la guarida que ellos mismos construyeron en un árbol. Sin embargo, las chicas todavía no tienen un cuartel general, y este asunto las trae de cabeza...

Bueno, y ahora basta de preámbulos. Ha llegado el momento de que comience la historia. A la de tres... ¡una nueva aventura de las Gallinas Locas!

Frida iba ya por la segunda ración de lasaña cuando sonó el teléfono.

—¡Teléééfono! —gritó Luki, el hermano pequeño de Frida, y se puso tan nervioso que derramó el zumo de manzana.

Titus, el hermano mayor, arrastró la silla y se levantó con una sonrisa burlona.

—¡Seguro que es otra vez el amorcito de Frida! —dijo desapareciendo por el pasillo.

—Yo no tengo ningún amorcito, ¡entérate de una puñetera vez! —gritó Frida tras él.

—¡Frida, nada de palabrotas! —la reprendió su padre.

Luki levantó su plato humeante y se lo puso a Frida delante de la nariz.

—Zopla, Friza —le ceceó al oído.

Frida, pendiente en todo momento de lo que sucedía en el pasillo, sopló.

—Eh, Sardine, qué sorpresa —murmuró Titus al teléfono—. ¿Desde cuándo las gallinas hablan por teléfono?

En un abrir y cerrar de ojos apareció Frida y le arrebató el auricular de las manos.

—¿Qué tal? —dijo—. Lo siento, es que pensaba que...

—¡Que viene el zorro, Frida! —dijo Sardine en voz muy baja—. Sabes a qué me refiero, ¿no?

—¿El zorro? —A Frida estuvo a punto de caérsele el teléfono de la mano.

Titus había vuelto a la cocina y estaba de nuevo sentado a la mesa, pero desde allí miraba intrigado a su hermana. Frida se volvió y le dio la espalda.

—Sí, sí, ¡el zorro! —Sardine parecía estar totalmente fuera de sí—. ¡Pasa el mensaje! Reunión urgente de pandilla a las tres. ¿Está libre vuestro sótano?

—Sí, pero... ¿qué ha pasado? Ni siquiera hemos...

—¡Luego os lo cuento todo! —musitó Sardine, y colgó el teléfono.

Frida se quedó patitiesa. «¡Que viene el zorro!», en el código secreto de las Gallinas Locas, significaba peligro máximo, ¡peligro de muerte! Una Gallina Loca sólo podía lanzar la «alerta zorro» en caso de una emergencia gravísima. La propia Sardine había establecido esa norma. Frida frunció el ceño y se quedó mirando el teléfono.

—Frida, vuelve a la mesa —le ordenó su madre—. Se te va a enfriar la lasaña.

—Sí, sí, ya voy —murmuró Frida—. Es que tengo que llamar un momento. —Y marcó el número de Trude a toda velocidad.

—Bogolowski —gruñó Trude al teléfono.

—¡Que viene el zorro! —anunció Frida procurando que nadie más la oyera.

—¿Cómo? —exclamó Trude desconcertada al otro lado de la línea.

—¡Pasa el mensaje! —musitó Frida—. A las tres en mi sótano.

—¡Ay, madre! Vale. Ya entiendo —tartamudeó Trude—. Eh..., una cosa. ¿Cómo era la cadena? ¿Yo tengo que llamar a Wilma o a Melanie?

—¡Jolín, Trude! —protestó Frida—. Apúntatelo de una vez. Tú tienes que llamar a Melanie y ella a Wilma, ¿te has enterado?

—Va, va, vale —balbuceó Trude—. Pero alerta zorro... ¿por qué alerta zorro? ¿Estás segura? ¿Qué ha pasado?

—¡Frida! —exclamó su padre—. Como no vengas ahora mismo a sentarte a la mesa, voy yo mismo a colgar el teléfono.

—Hasta luego —susurró Frida, y colgó. Luego volvió a sentarse a la mesa y empezó a picotear la lasaña sin apetito.

—¡Que viene el zorro! —le musitó Titus al oído.

—¡Déjame en paz, cabeza hueca! —gruñó Frida.

—¿Es algo de vuestro código de cacareo secreto? —se burló Titus.

Frida lo apartó, irritada.

—Eso no es asunto tuyo.

«Sólo se lanzará la alerta zorro cuando se trate de una cuestión de vida o muerte», rezaba el libro secreto de las Gallinas Locas. Madre mía.

¿Quién podía estar en peligro de muerte? ¿Sardine? Sí, aquella misma mañana en el colegio había pegado a una de las repipis de la otra clase...

Luki tiraba a Frida de la manga y le hablaba con insistencia, pero Frida no le escuchaba. Las Gallinas Locas habían pasado juntas por todo lo imaginable: los enfados de la abuela Slättberg, el mal humor de Melanie a causa

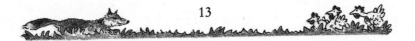

del acné, las dietas y las lágrimas de Trude por la separación de sus padres, el agobio continuo de Wilma por las notas del cole y las eternas gamberradas de los Pigmeos, pero nunca ninguna de ellas había lanzado la alerta zorro, ¡jamás! Alerta rata, sí, desde luego, como el día en que los Pigmeos robaron el diario de Melanie. O cuando descubrieron a Wilma espiando y la secuestraron: aquel día Sardine lanzó incluso la alerta hurón. Pero ¡la alerta zorro! Qué va; tenía que haber pasado algo mucho, muchísimo peor.

Frida mordisqueaba la pasta con desgana. ¿Acaso los Pigmeos estarían urdiendo un plan especialmente malévolo? No, en aquel momento reinaba la paz entre ellos; menos con Torte, claro, y él, en fin... Frida se ruborizó e intentó pensar en otra cosa. A lo mejor Sardine había discutido con ese novio nuevo que se había echado su madre, un tipo de lo más tonto. Pero por una cosa así no se le habría ocurrido lanzar la alerta zorro. ¡Qué va, imposible!

Una mano pequeña y regordeta pasó ante los ojos de Frida.

—¿Dónde eztá el zorro, Friza? —le preguntó Luki—. ¿Loz zorroz comen perzonaz?

—Noooo, comen... —Titus agarró la pluma que Frida llevaba colgada del cuello—. ¡Galliiiiiinas!

Frida, furiosa, le volvió a apartar la mano.

—¿Por qué vais a reuniros otra vez en el sótano? —le preguntó Titus entre susurros—. ¿Es que todavía no tenéis un nido para esa chorrada de la pandilla?

Frida lo fulminó con la mirada.

—¿Qué nido? —ceceó Luki hundiendo uno de sus pequeños deditos en la lasaña de Frida—. ¿Loz zorroz hacen nidoz?

Frida soltó un bufido, sacó el dedo de Luki de la comida y le limpió el tomate de los mofletes.

Por desgracia, Titus tenía razón. Las Gallinas Locas seguían sin tener un cuartel donde celebrar las reuniones de pandilla. La cabaña que construyeron en el descampado abandonado, detrás de la escuela, se había derrumbado durante la última tormenta, y la idea de fabricarse una guarida en un árbol, como la de los Pigmeos, había quedado descartada por completo porque Sardine tenía miedo a las alturas. Aunque ella, por supuesto, no lo admitía. Era una auténtica tragedia. El invierno acechaba tras los árboles cada vez más deshojados y las Gallinas Locas tenían que esconder el libro secreto y los tesoros entre la paja del conejo de Indias de Wilma. Y lo que era aún peor, tenían que reunirse en la sala de ping-pong de un sótano y aguantar a Titus y a los pesados de sus amigos molestando a todas horas; o a Luki, que se plantaba en las reuniones secretas preguntando «¿Me dais una galleta?» y garabateaba con estrafalarios dibujos el libro de la pandilla. A decir verdad, aquello era insoportable.

Y encima ahora la llamada de Sardine. Alerta zorro...

«¡Madre mía! —pensó Frida—. ¿Qué habrá pasado?»

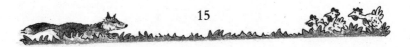

Poco antes de las tres, Frida cerró tras de sí la puerta de su casa y bajó corriendo las escaleras hasta el portal. Por una vez, ninguno de sus hermanos la estaba espiando. Titus estaba discutiendo a gritos con su madre y Luki estaba entretenido pintándose la barriga con unas ceras. A las tres en punto llamó Wilma y, dos minutos más tarde, aparecieron Melanie y Trude con sus bicicletas en el pasillo del vestíbulo.

—¿Podemos dejar las bicis aquí dentro? —preguntó Trude jadeando. Cada vez que montaba en bicicleta llegaba sin aliento.

Frida se encogió de hombros.

—Claro, seguro que los vecinos protestan, pero no importa.

—Este resfriado me va a matar —dijo Wilma, sorbiéndose los mocos—. Se me han vuelto a terminar los pañuelos.

Melanie apoyó su bicicleta contra la pared y le lanzó un paquete de pañuelos de papel. Luego preguntó con intención:

—Sardine no ha llegado todavía, ¿verdad?

Frida negó con la cabeza.

—¿Y esta vez qué excusa tiene? —preguntó Trude, riéndose.

Wilma volvió a estornudar.

—Eh, estornuda hacia otro lado, ¿vale? ¡No tengo ganas de ir por ahí con la nariz como un pimiento! —le increpó Melanie—. ¡Que viene el zorro! ¡Bah! ¡Por la tontería he tenido que cambiar la hora con el dermatólogo!

—Sardine no daría la alerta zorro por una tontería —replicó Wilma con la voz gangosa mientras se quitaba el casco—. ¿Es que te está saliendo otro grano? ¿A qué viene ese humor de perros?

Sin mediar palabra Melanie le dio la espalda y empezó a peinarse, pues el pelo se le había alborotado con el viento.

—¿Has visto que Torte está ahí fuera? —le susurró Trude a Frida—. Está plantado mirando a la ventana. Creía que habías cortado con él.

—Y he cortado —murmuró Frida—. Pero él piensa que estoy con otro. ¡Menuda chorrada! Ahora me llama a todas horas para preguntar si estoy en casa o si ha venido alguien a verme. Ya os podéis imaginar los comentarios de Titus.

—¿Te espía? ¡Qué romántico! —Wilma estornudó en el pañuelo de papel y abrió la puerta. Miró a la calle con cautela.

—¿Lo ves? —Trude se inclinó sobre el hombro de Wilma—. Allí, apoyado contra la puerta de enfrente.

—A lo mejor no ha venido por Frida. —Wilma asomó la cabeza un poco más—. Puede que Fred le haya ordenado que espíe y luego informe a los Pigmeos.

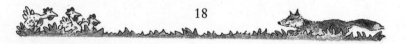

—Quitaos de ahí. —Frida las arrastró bruscamente hacia el pasillo y cerró de un portazo.

—¿Para espiar? ¡Qué bobada! —Melanie hizo una mueca burlona—. Si hasta yo me he enterado (por pura casualidad, claro) de que Torte y Fred han discutido porque Torte no hace más que seguir a Frida a todas partes.

Fred era el jefe de los Pigmeos. Melanie se agachó ante el espejo de su bicicleta y se despejó los rizos de la frente.

—Y ha llegado incluso a amenazarle con prohibirle la entrada a la cabaña del árbol —prosiguió Melanie—. Pero Torte se muere de celos. —Soltó una risita—. ¿Sigue escribiéndote esas disparatadas cartas de amor?

—Estamos aquí por la alerta zorro de Sardine —espetó Frida, dirigiéndole una mirada hostil—. No por Torte.

Luego, sin pronunciar una sola palabra más, comenzó a bajar las escaleras hacia el sótano. Las otras Gallinas la siguieron.

—Cuando Frida dijo «zorro», casi se me cae el teléfono de la mano —explicó Trude, y esquivó una araña que colgaba del techo del sótano y se balanceaba justo a la altura de su nariz—. ¿Os imagináis por qué puede haber dado Sardine la alerta zorro?

—Ni idea. —Frida abrió la puerta del sótano y encendió la luz. Sus padres sólo utilizaban el sótano para jugar al ping-pong. Los trastos los guardaban en el desván.

—A lo mejor Sardine ha sido testigo de un secuestro —apuntó Wilma con voz gangosa mientras se quitaba la chaqueta—. ¡O de un atraco de verdad!

Melanie entornó los ojos con resignación.

—Mirad eso, ¡Titus ha vuelto a arrancar nuestro póster! —exclamó.

En las paredes desnudas del sótano tan sólo había col-

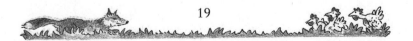

gada la página de una revista. Era una receta de cocina con una foto: caldo de gallina.

—¡Idiotas! —murmuró Wilma despegando el papel con rabia.

En un rincón del sótano se hallaban apiladas unas sillas de jardín. Wilma y Trude colocaron cinco de ellas alrededor de la mesa de ping-pong; mientras tanto, Frida subió a su casa a buscar algo de comer.

—¡Deja a tu hermano ahí arriba! —exclamó Trude tras ella.

Melanie se dejó caer con un suspiro sobre la silla y parpadeó al mirar la bombilla pelada que colgaba del techo.

—Muy acogedor —murmuró en tono irónico—. Desde luego, es un lugar de lo más acogedor.

Frida volvió sin su hermano y con una bandeja cargada hasta arriba.

—Ha habido suerte. Ahí arriba están muy atareados —dijo—. Titus está ayudando a mi madre a quitarle a Luki la pintura de la barriga. ¡Aquí tenéis! —anunció, poniendo la bandeja sobre la mesa de ping-pong—. ¡Zumo de saúco caliente y pan de especias! Para variar un poco del té con galletas de siempre, ¿qué os parece?

—Eso tiene que ser bueno para el resfriado, ¿no? —preguntó Wilma esperanzada. Y volvió a estornudar de nuevo.

Melanie frunció la nariz con recelo y acto seguido anunció:

—Los Pigmeos están pintando su guarida de negro. Les está quedando muy bonita.

—Tú, como siempre, al día de lo que los chicos se traen entre manos, ¿verdad, Meli? —dijo Sardine tras ella.

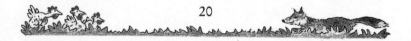

Cerró la puerta del sótano con el pie, se deslizó entre Melanie y Trude y se sentó a la mesa de ping-pong junto a Frida—. Siento llegar tan tarde, pero es que estaba en casa y han llamado a la puerta dos señoras que pretendían soltarme no sé qué rollo del fin del mundo. ¡Puf, no sabéis lo que me ha costado librarme de ellas!

—Podrías inventarte alguna excusa mejor —protestó Melanie—. ¡Y no sé cuántas veces tengo que decirte que no me gusta que me llames «Meli»! ¿Por qué has lanzado la alerta zorro?

—¿Te has fijado? ¡A Barbie le están volviendo a salir granos! —susurró Wilma al oído de Sardine.

Melanie la miró furibunda, pero se le subieron los colores.

Sardine se ajustó con gesto sombrío el nuevo aparato de ortodoncia.

—He lanzado la alerta zorro —dijo, mientras servía a cada Gallina un vaso de zumo— porque...

—¡Espera! —Wilma se apresuró a sacar de su mochila un cuaderno de anillas con la tapa totalmente forrada de plumas—. ¡Hay que seguir el protocolo!

—¡Olvídate del protocolo, Wilma! —gruñó Sardine—. He dado la alerta zorro. ¿Ya no te acuerdas de qué significa eso? Se trata de una cuestión de vida o muerte.

Trude se atragantó con el zumo de saúco. Frida contuvo la respiración y Wilma, presa del pánico, comenzó a mordisquear el bolígrafo. Solamente Melanie frunció el ceño con cierto escepticismo.

—¡Oh, vamos! —dijo—. Basta ya de tanta comedia. Tú sólo has dado la alerta zorro para asegurarte de que vendríamos todas. ¿Es por Torte?

—¡No digas tonterías! —Sardine se levantó de la mesa

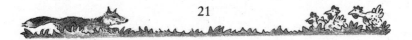

de ping-pong, muy enfadada—. Torte no se merecería ni siquiera la alerta rata. Es...

—Ya lo sé... —exclamó Melanie chascando los dedos—. ¡El novio de tu madre quiere adoptarte! ¡Eso es!

—¡Ya está bien, Meli, cállate de una vez! —la increpó Sardine.

Frida observó con preocupación que Sardine trataba de reprimir las lágrimas, algo que no sucedía a menudo, pues no era ni mucho menos tan propensa a llorar como Trude o la propia Frida.

—Mi abuela quiere sacrificar a las gallinas —dijo Sardine sin mirar a las demás—. Las quiere matar, así, sin más. A las quince. La semana que viene. ¿Es una buena razón para lanzar la alerta zorro, no?

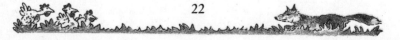

Durante unos instantes reinó un silencio sepulcral en el sótano. Ninguna de ellas sabía qué decir.

La abuela de Sardine tenía quince gallinas: cinco moteadas, seis marrones, tres blancas y una negra. Se llamaban *Emma*, *Isolde*, *Huberta*, *Lola* y *Kokoschka*, *Dolli*, *Klara*, *Dafne* y *Loretta*, *Ofelia*, *Dido*, *Salambo*, *Ronja*, *Leia* e *Isabella*. Sardine se había inventado los nombres y las había bautizado a todas con unas cuantas gotitas de agua. Su abuela no quería saber nada de nombres para las gallinas. «Tonterías —solía decir—. Tampoco les pongo nombre a las coles de Bruselas. La gente tiene gallinas para que pongan huevos, no para trabar amistad con ellas. Si no, luego todo son problemas a la hora de matarlas.»

Y ahora había decidido sacrificar a las gallinas. A todas. Las cinco amigas sintieron un inmenso escalofrío sólo de pensarlo.

Solían ir a ver a las gallinas de la abuela Slättberg siempre que podían, aunque eso sólo era posible cuando la abuela de Sardine no estaba en casa. A la abuela Slättberg no le gustaban las visitas. Menudo mosqueo se pillaría si supiera cuántas veces había dejado Sardine que sus amigas entraran a hurtadillas en el gallinero para acariciar el suave plumaje de las gallinas.

—¡Con lo que les gusta que les rasquen debajo del pico! —murmuró Trude—. Y lo monas que son cuando cierran los ojitos... —Y Trude comenzó a sollozar.

Wilma le dio uno de sus pañuelos de papel.

—Uf, pues sí que es una buena razón para dar la alerta zorro —murmuró.

—¡Desde el verano pasado ya ha matado tres gallinas! —exclamó Sardine—. ¡Y nosotras nunca hemos intervenido! Porque no sabíamos cómo impedirlo o porque yo no lo descubrí a tiempo. Pero esta vez tenemos que hacer algo. Porque como se salga con la suya, como mate a las gallinas y nosotras no hagamos nada, entonces ya, ya... —Sardine se agarró con tanta fuerza a la mesa de pingpong que el zumo se derramó sobre sus dedos—. Entonces ya no podremos seguir llamándonos las Gallinas Locas. Ya no seremos más que, como mucho, las cobardicas locas o algo así —sentenció mientras se chupaba el zumo dulce de los dedos.

Frida se mordía el labio inferior con angustia.

—Pero ¿por qué? —preguntó Wilma con voz temblorosa—. ¿Por qué quiere matarlas a todas?

—Dice que ya no ponen suficientes huevos —murmuró Sardine—. Además, según ella, para la primavera tendrán la carne tan dura que ni siquiera podrá hacer una sopa con ellas. Así que quiere matarlas antes de que llegue el invierno y en primavera se comprará más. Lo hacen muchos granjeros. Así se ahorran mucha comida.

—¿Y si nosotras le pagamos la comida? —Frida estaba pálida como el papel—. Seguro que conseguiríamos

reunir suficiente dinero, y podríamos llevarnos los restos de ensalada del cole...

Sardine negó con la cabeza.

—Ya se lo he ofrecido. No quiere ni oír hablar del tema.

—¡Pero no puede hacer eso! —Trude se quitó las gafas empañadas y limpió los cristales con dedos temblorosos.

—¡Vaya si puede! —respondió Sardine amargamente—. Si hasta ha puesto fecha para la masacre. El miércoles de la semana que viene. Después de la hora del café irá el cruel Feistkorn y les cortará la cabeza a todas con un hacha. A cambio, mi abuela le regalará dos botellas de licor de cereza casero.

Al oír aquellas palabras los ojos de Wilma se llenaron de lágrimas, y acto seguido empezó a hacer pucheros tras un pañuelo de papel.

—¿Feistkorn? ¿Ese vecino de tu abuela tan refunfuñón que se pasa el día fisgoneando por encima del seto?

Sardine asintió en silencio y acarició la pluma que se balanceaba a un lado y a otro por la gargantilla que llevaba colgada al cuello. Era la insignia de la pandilla y todas las Gallinas Locas tenían una igual.

—¡Oh, venga! —exclamó Melanie—. ¡No os pongáis como si estuviéramos ya en el entierro de las gallinas! ¡Las rescataremos! ¡Ya lo veréis!

—Ah, ¿sí? —replicó Trude mordiéndose el labio inferior—. ¿Cómo?

Antes Trude era la mayor admiradora de Melanie. Sin embargo, desde que sus padres se habían separado, Trude había perdido la ilusión por casi todo, y eso incluía también a Melanie.

—Seguro que a Sardine se le ha ocurrido alguna idea. —Wilma se sorbió la nariz esperanzada—. ¿A que sí?

Todas sabían que Sardine tardaba lo mismo en urdir un plan que cualquier otra persona en atarse los zapatos.

—Bueno... —Sardine bebió un sorbo de zumo—. A.S. siempre va a ver a su hermana los domingos, así que...

—¿Quién es A. S.? —la interrumpió Trude confundida.

—¿Quién va a ser? La abuela Slättberg —aclaró Melanie con exasperación—. Algunas veces pareces tonta.

Trude agachó la cabeza, abochornada.

—Bueno, eso... A.S. se marcha a casa de su hermana el domingo —explicó Sardine, volviendo al principio— para tomar café con tarta y enredarse en otra de sus eternas discusiones, como hacen siempre. Cuando esté fuera podemos colarnos en el jardín, meter a las gallinas en cajas de cartón y llevárnoslas de allí. Pero, claro, el problema es adónde.

Justo en ese momento la puerta se abrió de golpe.

—¡Eh, gallinas! —Titus asomó la cabeza con una amplia sonrisa socarrona en el rostro—. Queremos jugar al ping-pong. ¿O acaso estáis incubando las pelotas?

—¡Largo de aquí! —le espetó Frida—. Nos toca el sótano durante media hora más. Pregúntale a mamá.

En la puerta, por detrás de Titus, apareció su mejor amigo.

—¿Son las chicas? ¿Quién es la que dices que está como un queso?

—¡Esa de ahí! —Titus le lanzó a Melanie una bolita de papel a los rizos.

Melanie ni siquiera lo miró, pero no pudo contener una sonrisa de satisfacción.

—Wilma, ¿qué te parece si...? —susurró Sardine.

Wilma se sonó la nariz, dejó el libro de protocolo en el suelo, se puso en pie y se dirigió a los chicos.

—¿Qué pasa, graciosillos? —les dijo con la sonrisa más amable del mundo—. Os lo pasáis bien molestando, ¿eh? —En ese momento y a la velocidad del rayo sacó su pistola de agua de la manga y les disparó un chorro de agua con jabón en la cara.

Protestando, los chicos se echaron atrás entre tropezones y Wilma aprovechó para abalanzarse contra la puerta del sótano como un perro rabioso. En un abrir y cerrar de ojos Sardine y Trude se unieron a ella y empujaron la puerta con los hombros mientras Titus y su amigo intentaban, entre maldiciones, colar sus enormes pies por la rendija. Pero cuando Melanie y Frida acudieron en ayuda de las otras Gallinas, los chicos ya no pudieron hacer nada. Titus apenas tuvo tiempo de quitar los dedos antes de que la puerta se cerrara del todo.

—¡Lo siento! —resolló Frida, y giró rápidamente la llave de la cerradura—. Siempre me olvido de cerrar.

Casi sin aliento, pero con la cabeza muy alta, las Gallinas volvieron a sentarse. Wilma recogió el libro de protocolo del suelo y tomó nota del incidente.

—Uf —resopló Sardine, mientras volvía a ponerse cómoda en la mesa de ping-pong—. Hay que pensar adónde podemos llevar a las gallinas..., si es que conseguimos robárselas a mi abuela, claro.

—Con esto volvemos al tema de siempre —refunfuñó Frida—. A nuestro cuartel. No tenemos cuartel.

—Los Pigmeos hasta han puesto una estufa en la cabaña del árbol —dijo Melanie.

—¡Oh, genial! —Sardine le lanzó una mirada llena de

irritación—. Pues pregúntales si quieren una chica de mascota.

—Eh, chicas, dejadlo ya —les pidió Frida indignada—. No empecéis otra vez. Lo del cuartel es un problema. Aquí sería totalmente imposible esconder a las gallinas.

—¿Y en el patio trasero de Melanie...? —comenzó a decir Wilma.

—¿Te has vuelto loca? —Melanie se sacudió un bicho del zapato con cara de asco—. Mi padre está de los nervios desde que ha dejado de trabajar y se pasa los días como un alma en pena por la casa. No quiero ni pensar en cómo se pondría si encima pisa una caca de gallina mientras pasea por el césped. Además —dijo mientras restregaba el zapato contra el suelo del sótano—, a lo mejor dentro de poco nos mudamos a un piso más pequeño dos casas más allá. Y allí no hay jardín.

—¡Oh! —murmuró Frida.

Melanie se limitó a encoger los hombros y se apartó delicadamente el pelo de la cara.

—Bueno, la abuela de Sardine se marcha el domingo y para entonces seguro que se nos ha ocurrido algo —dijo Wilma.

—Eso espero. —Sardine pegó la oreja a la puerta, aunque nada hacía pensar que Titus y su amigo siguieran por allí—. ¿Cuándo volvemos a reunirnos? ¿Mañana?

Melanie sacó su agenda frunciendo el seño. Sardine suspiró. Frida también tenía un chisme de aquéllos desde que colaboraba con un grupo que se dedicaba a algo relacionado con los niños del Tercer Mundo y cuyo nombre Sardine nunca lograba recordar. Melanie estaba convencida de que lo que en realidad motivaba a Frida a asistir a aquellas reuniones eran los chicos guapos, hasta que un día Frida

le soltó un sopapo por decir aquello. Desde entonces, Melanie se limitaba a levantar las cejas con un gesto elocuente cada vez que Frida tenía que acudir a una reunión.

—Ya sé que es alerta zorro —dijo Trude en voz baja mientras Frida y Melanie hojeaban sus agendas—, pero mañana a las dos tengo que ir a recoger a mi primo a la estación. Mi madre trabaja; a lo mejor después...

—Pues yo mañana tengo que ir al dermatólogo —afirmó Melanie.

—¿Por un grano? —preguntó Sardine, irritada.

—Ya le han salido tres —apuntó Trude.

—¡Uf, qué horror, tres granos! —Sardine entornó la mirada con sarcasmo—. Mil perdones, ya veo que también es un problema de vida o muerte.

Melanie ni siquiera se dignó mirarla.

—La cita de pasado mañana sí podría cambiarla —añadió en un tono un poco insolente.

—¿Y se puede saber cuándo no tienes ningún compromiso? —le espetó Sardine—. ¿Tengo que decirles a las gallinas que les van a cortar el cuello porque tú tienes muchos planes?

—Para ti es muy fácil hablar —le recriminó Melanie—. Tú tienes casi todos los días un sitio donde puedes estar tranquila porque tu madre sale a trabajar con el taxi. Pero ¿sabes lo que es estar en mi casa desde que mi padre ya no trabaja? «Melanie, trae los deberes, que les echaré un vistazo? Melanie, ¿has ordenado tu cuarto? Melanie, ¿qué es eso que llevas puesto? Melanie, ¿hacemos unos ejercicios de matemáticas? Las matemáticas son muy importantes.» ¡Eso no hay Gallina que lo aguante! Por eso procuro estar ocupada todos los días. ¿Queda claro? ¡Y no necesito para nada tus estúpidos comentarios!

—Yo mañana tampoco puedo —anunció Frida sin mirar a ninguna de las dos—. Al menos no tan pronto. Tengo una reunión con el grupo. Pero pasado mañana sí.

Sardine se encogió de hombros.

—Pasado mañana es miércoles, hay tiempo —dijo Wilma. Estornudó y luego escribió: «Próxima reunión de pandilla miércoles por la tarde.» A continuación cerró el cuaderno forrado de plumas—. Así tendremos un par de días para pensar adónde podemos llevar a las gallinas.

—Vale, el miércoles. —Sardine se levantó de la mesa de ping-pong—. ¿Aquí, en el sótano?

—Por mí ningún problema —dijo Frida, asintiendo con la cabeza.

—Vale, pero el miércoles que no haya este zumo de trabuco —dijo Melanie mientras se ponía el abrigo de cuero.

—El zumo era de saúco y va muy bien para los granos —le respondió Wilma, metiendo el libro de pandilla en la mochila con cuidado para que no se desprendieran las plumas.

—¿En serio? —Melanie la miró desconfiada.

—¡Que no! —exclamó Wilma, y con una sonrisa burlona sacó de su bolsa una botella pequeña y rellenó la pistola de agua.

Melanie, enfurruñada, le pegó un codazo.

Cuando Frida giró la llave de la cerradura, Sardine echó primero un vistazo por una pequeña rendija de la puerta, pero en el gélido pasillo no parecía haber ni rastro de Titus y su larguirucho amigo, de modo que las Gallinas Locas emprendieron el camino hacia las escaleras.

—¡Habéis tenido suerte de que no nos guste meternos con las niñas pequeñas! —gruñó Titus al cruzarse con ellas en las escaleras.

—¡Y vosotros habéis tenido suerte de que a nosotras tampoco nos guste meternos con los larguiruchos! —replicó Sardine—. ¿Sabéis una cosa? Sois tan grandullones que la sangre no os llega al cerebro.

El amigo de Titus se apartó el pelo mojado de la frente y le hizo una mueca. Rápidamente Trude y Sardine lo empujaron para abrirse paso. Melanie, por supuesto, no pudo resistir la tentación de dirigirles una sonrisa y subir las escaleras contoneando las caderas, como si caminara por una alfombra roja, como las grandes estrellas.

Titus agarró a Frida del brazo con fuerza.

—¿De qué habéis hablado hoy, hermanita? —preguntó—. Venga, cuéntamelo, que tenemos ganas de reírnos un rato. Es que las chicas tienen una pandilla —explicó, dirigiéndose a su amigo—. ¿Y a que no sabes cómo se llaman? Las Gallinas Locas.

—¿Y vosotros? —Wilma volvía a tener la mano escondida en la manga—. ¿Cómo os llamáis? ¿Los bichos del ping-pong?

—¡Deberían pedirte una licencia de armas para ir por ahí con ese cañón de agua! —le espetó Titus.

—¡Que os lo paséis bien! —le respondió Wilma en susurros—. El ping-pong es perfecto para los críos. Es una pena, pero nosotras no tenemos tiempo para eso.

—Bueno, basta ya —intervino Frida, y arrastró a Wilma con ella escaleras arriba.

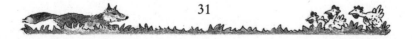

Cuando las Gallinas Locas salieron a la calle con sus bicicletas, ya había anochecido.

—Torte ya ha abandonado su puesto de guardián celoso —dijo Melanie al montar en su bicicleta—. ¿O todavía está por ahí?

—Si siguiera ahí ya se habría congelado —dijo Wilma.

A pesar de todo, Trude echó un vistazo de comprobación.

—A Torte no lo veo —dijo—, pero mira la pared de vuestra casa, Frida.

Todas se volvieron a mirar. Sobre la sucia fachada blanca, justo debajo de la ventana de Frida, ponía en letras gigantescas: «Aquí vive Frida, la Gallina más tonta de la ciudad.»

Melanie apretó los labios, pero no logró contener la risa.

—¡Será idiota! —exclamó Sardine, pasando el brazo por encima de los hombros de Frida—. Se va a enterar. ¡Ya puede empezar a temblarle a ése el culito de enano que tiene!

—También tiene su punto romántico —dijo Wilma en tono compasivo y con la voz gangosa—. Quiero decir que...

—No sigas —respondió Sardine, contemplando los garabatos de Torte—. ¿Cómo habrá conseguido el tío subir hasta allí?

—Supongo que habrá trepado por los cubos de basura —murmuró Frida—. Como lo vea Titus... —Suspiró.

—¿Quieres que te ayudemos a borrarlo? —preguntó Sardine.

—Ni lo sueñes —dijo Melanie mientras se sacaba el pelo de debajo del casco y se lo peinaba delante del espejo de la bicicleta—. Torte tiene montones de esos botes de spray, ya lo sabéis, y no se quitan tan fácilmente. —Soltó una risita—. Lo que puede hacer Frida es colgar encima uno de los carteles que hay repartidos por toda la escuela.

—¡Oh, claro, muy graciosa! —le espetó Sardine—. ¿Te gustaría mucho que yo escribiera debajo de tu ventana: «Melanie es la Gallina más creída de la ciudad.»?

—Y Sardine la más mandona —refunfuñó Melanie.

—Eh, parad de una vez —intervino Trude.

—¡Eso! —Wilma se montó en su bicicleta—. Mañana todas las Gallinas tendremos una charla en serio con Torte, ¿vale?

Pero Frida negó con la cabeza. Tiritando de frío se encaminó a la puerta.

—Dejadlo —dijo volviendo la cabeza—. Algún día se cansará de tanta tontería.

—Como quieras —dijo Sardine, subiendo a su bicicleta—. Pero avísanos cuando quieras que intervengamos.

Frida se limitó a asentir en silencio.

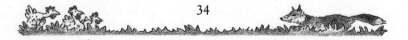

—Hasta mañana —se despidió de las demás, y se adentró en el pasillo del vestíbulo.

Sardine no tenía que recorrer un camino muy largo hasta su casa. Vivía en la misma calle que Frida, pero en el otro extremo. Ya desde la acera pudo ver que su madre había llegado. Arriba, en la cocina, había luz.

Las escaleras del edificio apestaban a pescado. Sardine subió los escalones, cuarenta y ocho para ser exactos, y cerró la puerta de su casa con los dedos congelados.

—¡Ya estoy en casa! —exclamó. Dejó los zapatos en un rincón y recorrió a oscuras el pasillo camino de la cocina.

—Maldito imbécil —gritó su madre, estrellando un plato contra la pared. Era uno que le había regalado la abuela Slättberg. Luego cogió una pila de tazas y las arrojó contra las baldosas. Sardine miró atónita a su alrededor. Había pedazos esparcidos por todo el suelo. Y en el fregadero se estaba quemando algo.

—¿Ha... ha pasado algo, mamá? —preguntó Sardine titubeante. El corazón le latía a toda velocidad.

—Ah, eres tú. —Su madre sonrió avergonzada, bajó la fuente que tenía en la mano y la depositó sobre la mesa de la cocina. Luego se acercó al fregadero y vertió una cazuela de agua sobre el fuego—. Perdóname —murmuró mientras abría la ventana para ventilar la cocina—. Es que necesitaba desahogarme.

—¿Es por ese hombre? —Sardine sacó la escoba y el recogedor de la despensa y comenzó a recoger los pedazos.

—Por ese hombre, sí. A ti nunca te ha caído bien, ya lo sé. Debería hacerte caso más a menudo.

—Es verdad —murmuró Sardine, y tiró el primer cargamento de trozos de loza en el cubo de la basura.

—Trae, ya lo hago yo —suspiró su madre—. No vayas a cortarte.

—¡No importa! —Sardine barrió los fragmentos que había debajo de la mesa—. Bueno, al menos sólo has destrozado los platos feos de la abuela. ¿Y qué es lo que has quemado?

La madre de Sardine se pasó las manos por el pelo y dejó correr el agua en la pila.

—Unos calcetines que se había dejado aquí —dijo—. Supongo que la abuela tiene razón: los hombres y yo somos incompatibles. Todo son problemas.

—Porque no eliges bien —apuntó Sardine, que cogió la aspiradora para limpiar los últimos trocitos.

Su madre se sentó en la mesa dando un suspiro y comenzó a trazar líneas en el tablero con las uñas.

—¿Sabes una cosa? —dijo—. Creo que deberíamos mudarnos.

Sardine la miró desconcertada.

—Pero ¿a qué viene eso?

—Bueno... —Su madre se encogió de hombros—. Para dejar atrás todos los problemas, ¿entiendes? Así comenzaríamos otra vez desde el principio y nos embarcaríamos en una aventura.

—Ya. —Sardine llenó de agua la jarra de cristal y la vertió en la cafetera—. De momento te voy a preparar un café, ¿te parece?

—¡Eres un sol! —Su madre miró por la ventana con gesto pensativo. Fuera el cielo estaba teñido de gris oscuro. La lluvia resbalaba por el cristal—. Podríamos irnos a Estados Unidos —murmuró—. Allí también se puede

trabajar de taxista. Sería muy fácil. Sólo tendría que ponerme al día con el inglés. ¡Nueva York! O San Francisco; allí hace mejor tiempo.

—Has visto demasiadas películas —dijo Sardine, y colocó frente a su madre la taza del cerdito, su favorita—. Seguro que es totalmente distinto a como te lo imaginas. Bastante peligroso y nada recomendable para una niña. Y además allí no hay gallinas, y mucho menos locas.

—¿Tú crees? —Su madre continuaba mirando por la ventana, a pesar de que por el cristal no se veía nada, salvo el gris sucio que envolvía la noche de la ciudad.

—Seguro —dijo Sardine, arrimándose a su madre. Ésta, absorta en sus pensamientos, le acarició suavemente la espalda.

Cuando Sardine le estaba sirviendo el café, sonó el teléfono en el pasillo. Sorbiéndose la nariz, su madre se encaminó hacia el aparato.

—No, no pasa nada —la oyó decir Sardine. Aquel tono de voz sólo lo empleaba con la abuela Slättberg—. No, de verdad que no. —Se volvió hacia Sardine y entornó los ojos en un gesto de resignación—. Bueno, pues si tú dices que parezco rara, será verdad. Sí, ahora la llamo.

Y extendió el brazo para pasarle el auricular a Sardine.

—¡No! —exclamó Sardine en susurros—. No quiero hablar con la asesina de gallinas.

Pero su madre continuaba tendiéndole el auricular con ademán implacable. Suspirando profundamente, Sardine se levantó y se dirigió al pasillo.

—Sí, ¿qué pasa? —refunfuñó al teléfono.

—¡Vaya una forma más amable de saludar! —gruñó la abuela Slättberg al otro lado—. Está claro que tu madre

te está dando una educación exquisita. Me he torcido un tobillo mientra trabajaba en el huerto. Tienes que venir a ayudarme. Hay que poner el abono, las coles están hasta arriba de malas hierbas y hay que limpiar el gallinero.

—¿Para qué? —preguntó Sardine, dirigiendo una mueca al teléfono—. Qué más da, si piensas matarlas a todas...

—¿Y qué? —rezongó su abuela—. Eso no quiere decir que tenga que apestar a mil demonios. Ven mañana al salir de la escuela. Te prepararé la comida y acabarás los deberes aquí.

—Vale —refunfuñó Sardine, pero de pronto le dio un vuelco el corazón, le latía cada vez más y más deprisa—. Pero aunque te hayas torcido el tobillo, de todas formas irás..., el domingo irás a casa de tu hermana, ¿verdad? —dijo tartamudeando a través del teléfono.

—¡Ni hablar! —respondió bruscamente la abuela Slättberg—. ¿Cómo voy a ir en el tren con las muletas? No, me quedaré en casa. Y ella, con lo vaga que es, seguro que no se molesta en venir a verme. ¿A qué viene tanto interés?

—Ah, a nada, sólo por curiosidad —murmuró Sardine.

—Bueno, entonces hasta mañana —dijo su abuela—. He hecho galletas. —Y así acabó la conversación.

Sardine regresó a la cocina con cara de malas pulgas.

—¿Lo ves? —le dijo su madre al tiempo que se servía otra taza de café—. Nos convendría irnos a Estados Unidos. Así se acabarían todos los problemas con la abuela.

A la mañana siguiente la madre de Sardine no oyó el despertador porque se había pasado la mitad de la noche llorando sobre la almohada. Así pues, una vez más, Sardine llegó tarde al colegio a pesar de que su madre la llevó a la escuela en el taxi con bici y todo.

—¿Alguna excusa, Geraldine? —preguntó la señorita Rose cuando Sardine irrumpió en la clase dando un traspié.

¿Qué debía responder a eso? ¿Mi madre ha sufrido un desengaño amoroso y no ha oído el despertador porque tenía la cabeza escondida bajo una almohada empapada en lágrimas? No, esas cosas no se cuentan, y mucho menos cuando tienes a los Pigmeos sentados a la mesa de atrás con esa sonrisa socarrona en la cara. Así que Sardine se limitó a murmurar:

—Lo siento, señorita Rose, me he quedado dormida. —Y se dirigió a su asiento, donde Frida la recibió con una mirada comprensiva.

—Siéntate, tranquila —le susurró al oído—. Ya he quitado el huevo.

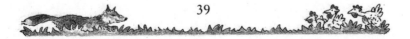

—¿Qué huevo? —murmuró Sardine, guardando su mochila bajo el pupitre.

—Esta mañana nos habían puesto a todas un huevo crudo en la silla —musitó Wilma.

Hacía poco tiempo que Wilma había pasado a ocupar el asiento situado justo detrás de Sardine. Pero aquello no iba a durar mucho, pues la señorita Rose fruncía el ceño cada vez que miraba en esa dirección.

—El huevo de Trude se ha caído al suelo y se ha roto, pero Melanie se ha sentado con los pantalones recién lavados justo encima —le susurró a Sardine por encima del hombro—. Se ha mosqueado tanto que les ha tirado las cáscaras pringosas a Fred y a Willi a la cabeza. ¿Y sabes qué ha sido lo mejor? —Wilma se sonó bruscamente la nariz en el pañuelo—. ¡Los dos se han hecho los buenecitos y han dicho que todo era mentira!

—¡Madre mía, qué infantiles son! —murmuró Sardine—. ¡Que les den! Nosotras tenemos otras preocupaciones, ¡os lo aseguro! Mi abuela...

—Geraldine, Wilma —dijo la señorita Rose—. Basta ya de charlas. Esto no es ningún gallinero.

En la penúltima fila los Pigmeos comenzaron a cacarear a cuatro voces. Imitaban el sonido bastante bien, pero la señorita Rose puso fin a la actuación con una mirada fulminante. Luego apretó los labios que aquella mañana se había pintado de rojo cereza, sacó su libretita y marcó una quinta cruz detrás del nombre de Sardine por el retraso. Una crucecita más y Sardine tendría que llegar a las siete en punto para escribir una redacción sobre un tema apasionante: «Profesiones en las que es necesario madrugar.»

Durante el resto de la hora la señorita Rose no le qui-

tó ojo a Sardine, así que ésta no logró ni siquiera pasar una nota cifrada con el código secreto para informar a las demás Gallinas acerca de la conversación con la abuela Slättberg. Luego llegó el primer recreo y todos se arremolinaron junto a la puerta de la clase porque fuera llovía como el primer día del diluvio. Por fin Sardine consiguió dar la mala noticia.

—¡Anulado lo del domingo! —susurró cuando las demás Gallinas se reunieron a su alrededor—. La asesina de gallinas se ha torcido el tobillo y ya no irá a ver a su hermana.

—¡Oh, no! —se lamentó Trude—. ¿Y qué vamos a hacer ahora?

Sardine miró a su alrededor, pero los Pigmeos estaban delante de la clase del otro curso y discutían sobre quién era el mejor futbolista del mundo.

—Casi no he tenido tiempo de pensarlo —susurró Sardine en voz muy baja—. Mi madre se ha pasado la noche llorando como una Magdalena por culpa del novio ese que tenía. Y antes de eso destrozó la mitad de la vajilla, quemó los calcetines del tipo y decidió que tendríamos que irnos de la ciudad.

—¡Qué romántico! —resopló Wilma y soltó un estornudo tan violento que la diadema le salió disparada.

—¡Jolín, siempre estornudas hacia mí! —protestó Melanie, toqueteándose la tirita con la que se había tapado un grano nuevo. Una tirita en forma de corazón y adornada con purpurina. Llevaba unos pantalones ajustados de gimnasia, pues los manchados de huevo estaban en remojo en un lavabo del servicio de chicas.

—¿Romántico? Sí, claro, no veas; es maravilloso —gruñó Sardine.

—Pero ¿iros adónde? —preguntó Trude, preocupada.

—A Estados Unidos —refunfuñó Sardine—. Quiere ser taxista en Nueva York.

—Pobrecita —murmuró Frida—. El mal de amores es algo terrible.

—¡No me digas! —Melanie la miró de reojo con gesto burlón—. ¿Desde cuándo eres una experta en el tema?

—¡Ya está bien, se acabó! —susurró Sardine—. Tenemos que hablar de la alerta zorro.

Echó un vistazo hacia los Pigmeos, pero estaban de lo más entretenidos los unos con los otros. Willi le había hecho una llave a Torte, que se estaba partiendo de risa, y Fred estaba martirizando a Steve haciéndole cosquillas. Sardine se quedó tranquila y volvió a darles la espalda.

—Sólo podemos hacer una cosa para salvar a las gallinas —prosiguió Sardine—. Tenemos... —Bajó la voz—. Tenemos que raptarlas el sábado por la noche, cuando la asesina esté viendo la tele.

Las demás se miraron, estupefactas.

—¿Cómo? —Trude se ajustó las gafas en la nariz con cierto desasosiego—. ¿Quieres robar las gallinas mientras tu abuela está en casa?

—La verdad es que no parece una de las ideas más brillantes que has tenido —señaló Melanie.

—¡Son quince gallinas! —susurró Wilma—. Tendremos que cargar con tres gallinas cada una. ¿Cómo lo vamos a hacer? —exclamó negando con la cabeza—. Se nos escaparán y luego tendremos que perseguirlas por todo el jardín.

—¡Qué tontería! —la interrumpió Sardine—. Las guardaremos en cajas dentro del gallinero. En tres cajas nos caben de sobra todas las gallinas.

—¡Pero tardaremos mil años en atraparlas a todas!
—apuntó Melanie—. Una de nosotras se tiene que quedar vigilando; eso significa que seremos una menos, quedaremos cuatro. Cuatro para quince gallinas. Además, seguro que esos estúpidos bicharracos arman un escándalo terrible. ¿Qué pasará si tu abuela lo oye?

—Que nos cortará allí mismo la cabeza a nosotras —murmuró Wilma en tono sombrío.

—Vale, muy bien. —Con los nervios Sardine elevó el tono sin querer—. ¿Y qué es lo que tenemos que hacer, según vosotras?

Trude carraspeó.

—¿Qué os parecería si contáramos con los Pigmeos? —apuntó—. Si les explicamos que es cuestión de vida o muerte, seguro que nos ayudan.

Sardine la miró como si hubiera perdido el juicio. Wilma soltó una carcajada de incredulidad.

—¿Estás chalada? —musitó Sardine, volviéndose hacia los chicos. Fred se percató y comenzó a cacarear. Sardine, molesta, le dirigió una mueca.

—Yo no sé qué te pasa. ¡A mí no me parece tan mala idea! —Melanie se estaba hurgando de nuevo en la tirita.

—Sería más rápido —murmuró Frida—. Y tiene que ser muy rápido si no queremos arriesgarnos a que tu abuela nos descubra. A lo mejor Trude tiene razón.

—Si los chicos colaboran, entonces cada una tendrá que atrapar sólo a dos gallinas —dijo Melanie—. Eso...

—No llega a dos —la interrumpió Wilma—. Quince entre ocho son...

Melanie le lanzó una mirada de irritación.

—Será visto y no visto —prosiguió—. Las metemos en las cajas...

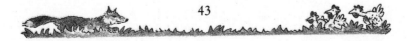

—Pero como mucho tres en cada una —apuntó Trude—. Para que no estén apretujadas...

—... y nos largamos —dijo Melanie acabando la frase—. Nos deslizamos sigilosamente hasta el jardín, ponemos las cajas en los portaequipajes y las fijamos con gomas elásticas. Los Pigmeos incluso pueden distraer a tu abuela en caso de que salga a ver qué pasa, cubrir la retaguardia, por llamarlo de alguna manera.

Frunciendo el ceño, Sardine comenzó a toquetearse el aparato de los dientes.

—Ya verás cómo esos manazas arman mucho jaleo —gruñó.

Pero Trude negó con la cabeza.

—¡Qué va! ¡Pero si son capaces de deslizarse de puntillas como los indios, sin hacer ni un ruido! ¿No te acuerdas de cómo nos robaron la ropa?

Melanie se rió y lanzó una mirada hacia los chicos.

Willi se ruborizó al percatarse y bajó los ojos.

—¡Es por las gallinas, Sardine! —dijo Frida—. Oye, que a mí no es que me entusiasme precisamente la idea de tener a Torte rondando cerca, pero las gallinas son más importantes.

Sardine se quedó callada.

—Pues vaya —protestó.

—Pero primero tendrán que disculparse por lo de los huevos de esta mañana —exigió Wilma, y se sorbió los mocos.

—Desde luego —gruñó Sardine. Luego le dio un golpecito a Wilma—. Vale, ve y diles que queremos hablar con ellos al fondo del pasillo. Pero tienen que darse prisa: el recreo está a punto de acabar.

—Vale —dijo Wilma. Se colocó bien la pluma que col-

gaba de su cuello, compuso su semblante más solemne y se dirigió a paso lento hacia donde estaban los chicos.

Apenas unas semanas antes, siempre que Sardine le encomendaba un encargo, Wilma salía disparada como un perrito ansioso. Sin embargo, con el tiempo había ido adquiriendo maestría y aplomo como mensajera.

Los Pigmeos se avisaron unos a otros con el codo cuando vieron que Wilma se encaminaba hacia ellos. Torte y Steve se inclinaron hacia delante y comenzaron a cacarear meneando el trasero, Fred puso su habitual cara de «yo soy el jefe» y Willi se quedó tras él como si fuera su mismísimo guardaespaldas. Pero aquella pose no inquietó a Wilma lo más mínimo. Tiesa como un palo y con la nariz roja les transmitió el mensaje de Sardine.

—¡Mirad cómo se ríen! —protestó ésta—. ¡Nunca se lo perdonaré a mi abuela! ¡Por su culpa tengo que pedir ayuda a esos idiotas! —Se volvió con gesto malhumorado y se encaminó hacia el fondo del pasillo. Melanie, Trude y Frida siguieron sus pasos.

Los Pigmeos echaron a andar con evidente desparpajo detrás de Wilma.

—Me lo imaginaba. ¡Van a regodearse en su victoria a lo grande! —gruñó Sardine.

—Venga, déjalos —dijo Melanie y sacó la angelical sonrisa que acostumbraba esbozar en cuanto tenía a un chico cerca.

—¡Venga, déjalos! —la imitó Sardine con sorna—. Puedes...

Pero ya tenía a los Pigmeos ante sí.

—¿Qué pasa? —preguntó Fred—. ¿Algún problema que no podéis resolver sin ayuda de los hombres?

Steve se echó a reír estertóreamente y Torte esbozó

una sonrisa tan amplia, que sus orejas de soplillo estuvieron a punto de salir volando. Willi fue el único que se mantuvo impertérrito, cruzó los brazos delante del pecho y trató de mantener la vista apartada de Melanie. Ella también evitaba descaradamente mirarlo a él.

—¿A qué ha venido esta mañana lo de los huevos? —preguntó Sardine sin el menor asomo de amabilidad.

—No ha sido una acción de los Pigmeos —respondió Fred—. Era algo personal. —Torte palideció y se escondió tras el hombro de Willi.

—¡Me importa un bledo lo que haya sido! —le increpó Sardine—. ¿No eres el gran jefe de tu pandilla? ¡Pues ocúpate de que tus enanos se comporten como es debido! En estos momentos no tenemos tiempo para vuestras bromas de guardería. Y como esto se repita, Frida no os pasará más chuletas en el próximo examen de mates, ¿queda claro?

—Vale, vale —gruñó Fred—. ¿Eso es todo?

—No, por desgracia no. —Sardine se frotó la nariz—. Tenemos una emergencia. Lo de pediros ayuda no ha sido idea mía, pero las demás han querido hacerlo y somos una pandilla muy democrática. Además, es cuestión de vida o muerte.

—¿De vida o muerte? —Fred arqueó las cejas con un gesto burlón.

»Oh, sí, claro. ¿Qué pasa, que ahora usas una talla menos?

—La abuela de Sardine quiere sacrificar a sus gallinas —expuso Frida—. A las quince.

A Sardine le pareció que Fred palidecía. A él le gustaban las gallinas, o mejor dicho, le encantaban, y ella lo sabía. En cuanto a los demás, no estaba tan segura de su punto de vista.

—¿Cómo? ¿Tu abuela quiere mataros? —preguntó Steve—. ¡Ja, como en el cuento de Hansel y Gretel!

Fred lo hizo callar con una mirada.

—¿Y por qué a todas? —preguntó.

Sardine se encogió de hombros.

—Porque ya no ponen muchos huevos, porque la carne se les vuelve correosa, porque mi abuela no tiene ganas de alimentarlas durante el invierno... ¿Qué más da? Las quiere matar el miércoles que viene, pero no llegará a hacerlo, porque... —Miró a Fred—. Porque nosotras nos las llevaremos antes del gallinero.

—¿Cuándo? —preguntó Fred, levantando las cejas.

—El sábado por la noche —respondió Sardine—, cuando mi abuela se sienta a ver la tele. Todos los sábados, a las ocho y cuarto, se planta delante del trasto como un conejo hipnotizado. No falla. Pero son quince gallinas las que hay que atrapar y meter en cajas, y nosotras sólo somos cuatro, porque una tendrá que quedarse de guardia. Así que las demás han pensado que podíamos preguntaros si... —Sardine tragó saliva. No le salían las palabras.

—... si estamos dispuestos a ayudaros —dijo Fred, acabando la frase por ella—. A robar gallinas. —No pudo reprimir una sonrisa socarrona.

—Sí, a robar gallinas —bufó Sardine—. Si quieres llamarlo así...

—Ya lo habéis oído —dijo Fred, dirigiéndose a los demás Pigmeos—. El sábado por la noche.

—Suena divertido —apuntó Torte.

—¡No tiene nada de divertido! —le espetó Sardine—. Esto es muy serio, ¿entendido?

Torte le susurró algo a Fred y éste se tocó el aro de la

oreja, que era la insignia de los Pigmeos, con gesto pensativo.

—Vale, el sábado por la noche —convino—. Pero a cambio, como regalito de agradecimiento por nuestra ayuda, tendréis que darnos un vale.

—¿Un vale? ¿A qué viene eso? —preguntó Sardine con recelo—. Eso seguro que es una de las tonterías de Torte.

La señorita Rose salió de la sala de profesores.

Fred se encogió de hombros.

—Existe la posibilidad, aunque remota, de que algún día nosotros necesitemos vuestra ayuda.

—¡Por ejemplo, para coser unos botones o para zurcir calcetines! —añadió Torte.

—Ja, ja, muy gracioso. —Sardine lo escudriñó de arriba abajo con gesto de desprecio.

—Podemos puntualizar por escrito que nada de cocinar y nada de besos —propuso Steve.

—Cállate la boca, Steve —le espetó Willi, dándole un manotazo en la espalda.

—Eh, eh, que sólo era un chiste —murmuró Steve.

—Los habéis tenido mejores —dijo Melanie. Le lanzó a Willi una rápida mirada y una sonrisita de propina.

Con el ceño fruncido, Sardine se volvió hacia las demás Gallinas.

—A mí me parece bien lo del vale —comentó Frida.

Trude y Wilma asintieron con la cabeza. Melanie se limitó a encogerse de hombros.

—Si se empeñan... —concedió.

—Vale —dijo Sardine—. Os lo daremos mañana como muy tarde. En cuanto al sábado, por si acaso se os ha olvidado, mi abuela vive en el 31 de la calle Schaumkraut-

weg, pero será mejor que nos encontremos un poco antes en la calle. En el lado izquierdo hay un terreno con abetos altos. Os esperamos allí a las ocho en punto. Las cajas para las gallinas...

—... ya nos encargamos nosotros —la interrumpió Fred—. En el sótano de Torte hay un montón. Pero ¿dónde pensáis meter tantas gallinas cuando las hayamos robado?

—Eso no es asunto vuestro —replicó Sardine—. Vosotros sólo tenéis que ayudarnos a atraparlas.

—¡Ah, claro! ¡Si es que todavía no tenéis cuartel! —Torte puso cara de burla—. ¿Vosotras también metéis la cabeza bajo el ala cuando hace frío, como las gallinas de verdad?

El timbre acalló la respuesta de Sardine.

—Si no encontráis ningún sitio para esconderlas —dijo Fred, volviéndose— nosotros podríamos tenerlas un tiempo en nuestra guarida del árbol.

—¡Gracias! —murmuró Sardine mientras regresaban a clase.

Sardine imploró ayuda a los dioses para que no se vieran obligadas a aceptar la oferta.

Justo al acabar las clases dejó de llover. El sol se abrió paso entre los grises nubarrones y Sardine emprendió con calma el camino hacia la casa de la abuela Slättberg. Pasó por todos los charcos con la bici sin importarle que el agua turbia le salpicara los pantalones, levantó la cara hacia el sol dejándose acariciar por el viento frío e intentó no pensar en nada. Ni en los desengaños amorosos de su madre, ni en los Pigmeos, ni tampoco en las quince gallinas que, si fuera por su abuela, no llegarían vivas a la siguiente primavera. Pero sobre todo, Sardine intentó no pensar en la abuela Slättberg.

Ésta la estaba esperando. Apoyada en las dos muletas aguardaba junto al umbral de la puerta con los labios apretados de tal forma que sobre su angulosa barbilla sólo se distinguía una línea. Sardine había visto fotografías de cuando la abuela Slättberg no había cumplido aún los veinte años y, a veces, sin que su abuela se percatara, escudriñaba el rostro de la anciana tratando de reconocer en él los rasgos de aquella joven. Sin embargo, apenas hallaba indicios de ella.

—¡Llegas tarde! —exclamó la abuela Slättberg mientras Sardine empujaba su bicicleta por el jardín.

Hacía ya tiempo que Sardine no contestaba a este tipo de comentarios. Había decidido que lo mejor era no decir nada, o lo menos posible.

—Y has vuelto a adelgazar —añadió su abuela—. ¡Cualquier día se te va a llevar el viento! Si yo fuera tu madre, empezaría a preocuparme.

«Pero por suerte no lo eres», pensó Sardine. Y por enésima vez maldijo la injusticia de que tuvieran que soportar todas las impertinencias de la abuela Slättberg por el simple hecho de ser la única persona que podía cuidar de ella mientras su madre estaba trabajando.

La abuela de Sardine había hecho crepes de alforfón y toneladas de verduras casi sin sal. Sardine detestaba esas crepes y, en cuanto a las verduras, les añadió sal hasta que su abuela le retiró el salero. La abuela Slättberg se sentó a la mesa frente a su nieta con una expresión severa en el rostro y apoyó las muletas sobre su regazo.

—Come —le ordenó sin tan siquiera haber probado bocado ella misma—. Seguro que rara vez te llevas a la boca algo que no haya cocinado el microondas.

—¿Y qué quieres, que mamá cocine en el taxi? —preguntó Sardine pasándose las zanahorias recocidas de un carrillo al otro.

—No hables con la boca llena —fue cuanto respondió la abuela Slättberg—. Tu madre tenía una voz rara cuando hablé con ella ayer por teléfono —afirmó después de que Sardine retirara su plato y fuera a por la mochila del colegio—. ¿Vuelve a tener problemas con algún hombre?

—No lo sé —replicó Sardine, fingiendo estar plenamente concentrada en los ejercicios de mates.

Por lo general eso bastaba para que su abuela se callara y, en esa ocasión, el truco volvió a funcionar. La abuela Slättberg cogió las muletas y se marchó renqueando hacia la ventana de la cocina, donde soltó un gemido al dejar caer todo su peso en su sillón preferido. Luego se quedó mirando por la ventana en silencio hasta que Sardine recogió los cuadernos.

—Te he preparado una lista —dijo mientras Sardine dejaba la mochila del colegio junto al recibidor—. Está ahí, encima del armario. Las galletas que hay al lado son para ti.

La abuela de Sardine siempre confeccionaba listas. Cada día era más olvidadiza, así que tenía que apuntarlo todo, hasta las horas a las que emitían sus series de televisión favoritas. Había listas por todas partes. Unas pegadas en las puertas, otras incluso en las ventanas. El papel que contenía la lista de tareas que Sardine debía hacer aquella tarde era bastante grande. Decía así:

«Cavar los bancales de repollos y de coles de Bruselas. Abonar el bancal que ya está cosechado. Recoger los huevos del gallinero. Quitar las malas hierbas de los bancales de hierbas aromáticas.»

—Pero no me dará tiempo a hacerlo todo antes de que anochezca —objetó Sardine.

—Tú empieza —respondió la abuela Slättberg volviéndose otra vez hacia la ventana.

Sardine cogió las galletas que había junto a la nota, se puso el abrigo y salió de la casa. Lo primero que hizo fue ir al gallinero, a pesar de que su abuela aporreó el cristal de la ventana con la muleta para tratar de impedirlo. Probablemente porque Sardine no estaba respetando el orden de la lista.

—¿Qué pasa, bonitas? —dijo Sardine cuando entró en el gallinero.

La mayoría estaba escarbando fuera, en el corral, y las cuatro restantes picoteaban alrededor de los comederos casi vacíos dentro del gallinero. Al ver a Sardine vacilaron, luego se acercaron a ella con sus torpes andares y cacarearon en señal de protesta mientras giraban el cuello a un lado y a otro y miraban con sus ojos de botón. *Isolde*, la favorita de Sardine, era una de ellas.

—¡Qué pasa! ¿Volvéis a tener hambre? —Sardine cogió a *Isolde*, se la puso en el regazo y le acarició la cresta colorada. La gallina marrón entrecerró los ojos—. ¡Sois unas cabezas huecas! —murmuró Sardine—. Os habéis puesto como lechones. Si no estuvierais tan gorditas, no merecería la pena mataros. —Suspiró—. Pero me parece a mí que vosotras os zamparíais hasta las verduras recocidas de la abuela.

Isolde cloqueó muy bajito. Sardine volvió a dejarla sobre la paja con delicadeza y observó que salía corriendo airadamente.

—No os enteráis de nada —dijo Sardine en voz baja—, pero de nada de nada.

¿Era precisamente aquello lo maravilloso de los animales, que no sabían nada de nada? Algunas veces, cuando Sardine estaba muy triste y notaba que se le hacía un nudo en la garganta, se sentaba sobre la paja del gallinero de la abuela Slättberg a contemplar a las gallinas mientras éstas picoteaban y escarbaban. Así conseguía olvidarse de todas sus preocupaciones. Olvidaba las discusiones con su abuela, olvidaba que hay guerras y niños que mueren de hambre incluso antes de llegar a cumplir los años que tenía el hermano pequeño de Frida, y que hay animales que pasan toda la

vida en una jaula... Sí, Sardine conseguía olvidar la interminable lista de desdichas cuando veía a las gallinas picoteando por ahí, ajenas a cualquier preocupación. Qué raro.

Pero precisamente porque no se enteraban de nada, era evidente que no harían nada por escapar cuando la abuela Slättberg entrara en el gallinero enarbolando un hacha para cortarles la cabeza.

Sardine se levantó dando un suspiro, se sacudió la paja del abrigo y se dirigió a la puerta del gallinero.

—Yo os rescataré —dijo volviendo la cabeza—. Os doy mi palabra de Gallina. Aunque os aseguro que se trata de una hazaña condenadamente arriesgada.

Las gallinas ni siquiera se dignaron levantar la cabeza y se limitaron a seguir con lo suyo, picoteando incansables entre la paja.

La expresión de la abuela Slättberg traslucía un terrible mal humor cuando Sardine salió del gallinero. Apretaba los labios con tanta fuerza que parecía que le habían cosido la boca. Sardine fingió no percatarse, se llevó una galleta a la boca y comenzó a cavar en el bancal de los repollos.

Tardó más de media hora en terminar. El viento gélido le lanzaba contra la cara hojas secas y alguna que otra gota de lluvia extraviada. La tierra estaba tan húmeda y fría que Sardine se preguntaba cómo podía crecer algo allí. Quizá no era tan mala idea lo de trasladarse, pensó cuando comenzaron a dolerle las rodillas y sintió los dedos agarrotados de tanto cavar. Y en esos pensamientos estaba cuando de pronto oyó un silbido corto seguido de otro más largo: la señal secreta de las Gallinas Locas.

Alzó la cabeza extrañada.

—¡Buenas noticias! —susurró alguien a través del seto—. Buenísimas, diría yo.

Sardine se inclinó intrigada hacia el seto perfectamente podado. En la acera, al otro lado del seto, vislumbró a Frida y a Trude, que estaban agazapadas y le sonreían.

—¿Qué tal? ¿Está de tan buen humor como siempre, la abuela Slättberg? —preguntó Frida incorporándose.

—¿De dónde venís? —preguntó Sardine, desconcertada—. Creía que esta tarde estabais ocupadas.

—Al final el primo de Trude llega más tarde y mi reunión con el grupo ha durado menos de lo previsto —explicó Frida, y abrió de un empujón la verja de entrada, que emitió un chirrido.

La abuela Slättberg había decidido no volver a engrasarla. «Así oiré a los ladrones», había sentenciado. Como si los ladrones entraran por la puerta.

Sardine echó una ojeada a la ventana de la cocina. Su abuela las estaba observando fijamente a través del cristal y, a juzgar por su mirada, podría decirse que estaba a punto de darle un patatús. La abuela Slättberg no soportaba que Sardine llevara a «extraños» a su casa, y en aquel momento dos desconocidas acababan de entrar tan campantes en su jardín. Con muletas y todo, la abuela de Sardine se plantó en la puerta en un santiamén.

—¿Se puede saber qué significa esto, Geraldine? —gritó, y lanzó a las amigas de Sardine una mirada tan gélida que Trude, aparte de ponerse roja como un rabanito, encogió por lo menos veinte centímetros.

A Frida, sin embargo, no le imponía tanto mal genio, pues poseía el arma perfecta contra la antipatía de la abuela Slättberg: la simpatía.

—¡Ah, hola, señora Slättberg! —exclamó—. Sardine nos ha contado lo que le ha ocurrido en el pie. A mi madre le pasó lo mismo el mes pasado y ni siquiera podía ca-

minar con muletas. Mi hermano pequeño no se lo creía y no paraba de darle tirones para que se levantara. —Luego rodeó con el brazo a la acobardada Trude y la estrechó contra sí—. Ésta es Trude, ¿se acuerda de ella? También viene a nuestra clase. Le gustaría ver las verduras de su huerto. ¿Le importa que entremos?

La abuela Slättberg escudriñó a Trude de la cabeza a los pies.

—Bueno, está bien. Aunque no tiene cara de saber diferenciar una col de una espinaca. Pero quedaos en el camino. Y no distraigáis a Sardine. Tiene que acabar sus tareas hoy.

—De todas formas no me va a dar tiempo —dijo Sardine sin mirar a su abuela.

—Ah, ¿entonces sabe qué haremos, señora Slättberg? —dijo Frida, arrastrando consigo a Trude hacia el bancal de las coles de Bruselas del que Sardine había cavado ya una décima parte—. Le echaremos una mano a Sardine. A lo mejor así consigue terminarlo todo hoy mismo.

—Pero ¿sabéis cómo se hace? —preguntó la abuela Slättberg, y las examinó como temiendo que fueran a pisotearle sus preciosas coles.

Trude sonrió tímidamente, pero la abuela Slättberg no le devolvió la sonrisa.

—Yo les enseño —aseguró Sardine, entregándole a Frida el cubo de las malas hierbas—. Tampoco es tan complicado, ¿no?

La abuela Slättberg dio media vuelta en silencio y entró en la casa cojeando. Unos instantes después volvía a montar guardia en la ventana de la cocina.

—¡Uf! ¡Menuda fiera está hecha tu abuela! —musitó Trude cuando se quedaron a solas las tres.

Agachadas en el bancal de las coles de Bruselas, iban arrancando las hierbas secas.

—Sin comentarios —dijo Sardine, que quitó un par de hojas amarillas y las arrojó al corral de las gallinas.

—¿Crees que puedo entrar a ver a las gallinas? —preguntó Trude lanzando una mirada deseosa hacia el gallinero.

—Pero primero haz como si estuvieras trabajando con todo tu empeño —respondió Sardine—. Si no, volverá a aporrear el cristal con la muleta. ¿Cuál es la buena noticia? ¡Venga, soltad lo que sea!

—Cuéntaselo tú, Trude —dijo Frida, y echó un cardo diminuto al cubo de las malas hierbas—. Al fin y al cabo, es tu noticia.

Sardine se sacudió las manos sucias en los pantalones y miró a Trude con aire expectante.

—No sé si te he contado alguna vez... —Trude bajó el tono de voz—. Mi padre tiene un terreno en el bosque, cerca de la autopista. Lo heredó. Y allí hay una caravana.

—Sí, ¿y qué? —preguntó Sardine.

Trude se ajustó las gafas con el dedo.

—Desde que mis padres se separaron no han hecho más que discutir por eso, y como mi padre no quiere que mi madre se quede con la caravana... —Soltó una tímida risita—. ¡Pues ha decidido regalármelo todo a mí!

Sardine soltó la azada.

—¿A ti?

Trude asintió con la cabeza.

—¿Y hay una caravana de verdad? —preguntó Sardine.

Trude volvió a asentir.

—Además es grande —añadió—. Y tiene calefacción. La abuela Slättberg volvió a aporrear la ventana de la

cocina. Inmediatamente las chicas agacharon la cabeza y siguieron arrancando malas hierbas.

—Una caravana de verdad —murmuró Sardine—. Vaya, Trude...

—¿A que es genial? —susurró Frida—. ¡No podríamos haber encontrado un cuartel mejor para la pandilla! Con la bici nosotras llegamos en diez minutos, y para las demás tampoco queda mucho más lejos.

Sardine sacudió la cabeza, incapaz de asimilarlo.

—Es demasiado bonito para ser verdad —exclamó, tan emocionada que por poco se equivoca y arranca una col—. ¿Y el terreno está cercado? Si hubiera una valla podríamos llevar allí a las gallinas.

—Creo que sólo hay un seto —dijo Trude—. La valla tendríamos que ponerla nosotras, pero al menos hay un pequeño cobertizo.

Sardine alzó la vista hacia el cielo. Estaba anocheciendo.

—Jo —murmuró—, hoy ya no nos da tiempo a ir.

—Pero no pasa nada. Podemos ir mañana —dijo Frida mientras rescataba una lombriz que estaba a punto de sucumbir bajo la azada de Sardine. Con mucho cuidado la dejó en el bancal de al lado.

—Claro —añadió Trude—. De todas formas teníamos una reunión mañana, así que podemos celebrarla en la caravana.

Sardine asintió en silencio. Aún no podía creer que en aquel día tan desastroso hubiera podido suceder algo tan fantástico. ¡Un auténtico cuartel para la pandilla de las Gallinas Locas...!

Trude consultó el reloj.

—¡Uy, tengo que irme ya! —exclamó—. ¡A la estación! —Y se levantó tan rápido que volcó el recipiente de

las malas hierbas sobre el bancal que ya estaba limpio—. Vaya, ¡lo siento! —tartamudeó—. Yo...

—¡Largo! —dijo Sardine, colocando bien el balde—. Ve a recoger a tu primo. ¡Después de este bombazo de noticia, hasta te perdonaría que tiraras diez baldes enteros!

Cuando Trude ya se había ido, Sardine y Frida recogieron los huevos de los nidos del gallinero y hasta abonaron el bancal vacío de la abuela Slättberg, aunque ya estaba muy oscuro.

—¿Qué es lo que estamos sembrando aquí? —preguntó Frida mientras esparcían las pequeñas semillas en la tierra.

—Trébol amarillo —respondió Sardine—. Protege la tierra durante el invierno, la afloja y ayuda a retener el nitrógeno. Bueno, ya sabes...

Frida negó con la cabeza.

—No, no lo sabía. Pero estaba pensando que a lo mejor podríamos cultivar verduras en el terreno de Trude. A ti se te da de maravilla.

—Sí, estaría bien —respondió Sardine mirando hacia la ventana de la cocina.

—Uy, tu abuela nos está haciendo señas —susurró Frida—. ¿Hemos hecho algo mal?

No, no se trataba de eso. Cada una recibió una pequeña bolsa de papel muy llena de galletas, huevos frescos y lechugas del huerto. Y la abuela Slättberg incluso las acompañó hasta la cancela.

—Qué raro —le dijo Frida a Sardine mientras avanzaban por la oscuridad de la calle—. A veces tu abuela no es tan mala, ¿no te parece?

—Sí, es verdad —dijo Sardine acariciando su pluma de gallina—. A veces. Pero con ella nunca se sabe cuándo.

El día siguiente comenzó con otra sorpresa más. Trude apareció en el colegio con el pelo cortado a cepillo, las cejas perfiladas y unas gafas nuevas.

—Pero ¿qué te has hecho? —le preguntó Melanie cuando Trude se sentó a su lado bajando mucho la cabeza.

Melanie y Trude compartían un pupitre adelante, en la segunda fila.

—Algunos cambios —dijo Trude.

Frida alzó la cabeza desde la mesa de la señorita Rose, donde se había sentado a redactar el vale de los Pigmeos.

—Eh, estás muy guapa, Trude —dijo.

—¿De verdad? —Trude se pasó la mano por el pelo con una tímida sonrisa y se puso tan roja como el pintalabios de los lunes de la señorita Rose.

—Claro. —Sardine se sentó encima de la mesa de Melanie—. Un toque atrevido, ¿a que sí, Meli?

Melanie se limitó a asentir con la cabeza. Estaba tan sorprendida, que ni siquiera se irritó por lo de «Meli».

—¿Te has depilado las cejas? —Wilma se apoyó en el hombro de Sardine—. ¿No duele?

Trude se encogió de hombros.

—Hacía tiempo que me molestaban —murmuró—. Es que me crecen en todas direcciones.

—¿Y cuándo fuiste a la peluquería? —preguntó Frida—. Ayer tenías que ir a recoger a tu primo, ¿no?

Trude metió su mochila debajo del pupitre.

—Sí, y fui a recogerlo. El pelo me lo ha cortado él. Mi primo, quiero decir. Paolo. Está acostumbrado a cortarse el pelo él solo. —Soltó una carcajada—. Las gafas son suyas. Me las ha dejado. Son las que tiene de repuesto. Es que tenemos la misma graduación.

—Ah, ¿sí? —Melanie frunció el ceño—. Paolo. ¿Qué nombre es ése? ¿Tu primo es italiano?

—Él no, pero su madre sí. —Trude se quitó las gafas y las limpió—. Esta tarde me acompañará a escoger unas gafas nuevas. Dice que las mías son un poco cursis. En parte tiene razón, ¿no?

—Pero si eso ya te lo he dicho yo un millón de veces —replicó Melanie en tono áspero—. Pero conmigo no has querido ir nunca a comprarte unas gafas nuevas. Ni a la peluquería tampoco, y ahora dejas que un completo desconocido venga y te corte el pelo. La verdad, no lo entiendo.

—Pero ¿por qué te molesta? —le dijo Wilma—. Si le queda genial.

—¡Bah! —dijo Melanie.

—Bueno... —Trude se agitó un poco en su silla—. Tú tienes un gusto muy diferente al mío. Pero mi primo...
—Se rió—. Dice que las chicas gorditas le resultan atractivas; que las chicas delgadas son como un saco lleno de huesos y que le recuerdan a los cementerios. Y que no le gusta abrazarlas porque parece que se van a romper. —Volvió a soltar otra risita.

—Sí, sí, ya puede ir diciendo —respondió Melanie, que cruzó los brazos sobre el respaldo de la silla—. ¿Y cuántos años tiene tu primo?

—Quince.

De pronto Trude escondió la cabeza. Los Pigmeos habían entrado en la clase.

—Cuidado, Trude —murmuró Sardine—. Ahora viene lo peor —añadió, pasándole a Trude el brazo por encima de los hombros.

—¡Eh, Trude! —exclamó Torte a grito pelado, y la clase entera alzó la vista—. ¡No me lo puedo creer! ¡Vaya! ¡Qué fuerte!

Torte retrocedió unos pasos tambaleándose, como si fuera a caerse para atrás de un momento a otro. Willi lo apartó de un empujón sin decir palabra. Las bromas de Torte no solían hacerle ni pizca de gracia. Fred y Steve, sin embargo, se quedaron petrificados.

—Eh, Trude, ¿quién te ha hecho ese corte de pelo tan sexy? —preguntó Steve.

—Pero si pareces recién salida de un centro de belleza. —Fred se inclinó hacia delante y observó a Trude de más cerca—. ¡Ahí va! Mirad. Si hasta se ha depilado las cejas.

Sardine lo apartó bruscamente.

—Dejadla en paz, inútiles —les increpó—. Vosotros no tenéis arreglo ni en el mejor centro de belleza del mundo. Ya podéis andaros con ojo para que no os encierren en una jaula con los monos.

—Cierto. —Fred empezó a chillar y a rascarse bajo los brazos con gran estrépito—. Pero todavía no nos han atrapado. Bueno, a vosotras tampoco os han metido en una cazuela y sois las únicas gallinas que andan correteando a lo loco por aquí.

En ese instante entró la señorita Rose en la clase. Frida recogió rápidamente todas sus cosas y se sentó en su sitio, y los Pigmeos dejaron tranquila a Trude, al menos por el momento. Pero cuando la señorita se dispuso a escribir en la pizarra el primer ejercicio, Torte le lanzó a Trude una nota con un mechón de pelo que él mismo se había cortado. «Un donativo por caridad —decía la nota—. Porque con el poco pelo que te ha quedado, se te va a congelar el cerebro de gallina.»

Por supuesto la señorita Rose se percató de que por la clase circulaba una nota. Para gran alegría de Torte, la leyó ante toda la clase; luego cogió el mechón con la punta de los dedos para devolvérselo al donante, lo dejó caer suavemente sobre su cabeza y dijo:

—Querido Torte, en estos momentos puede que tengas más pelo que Trude sobre la cabeza. Sin embargo, yo empiezo a estar bastante preocupada por lo que te queda dentro, ¿entiendes?

—¿Eh, cómo? —farfulló Torte aturdido.

A lo que la señorita Rose respondió sin más:

—A eso me refería. —Y regresó a paso ligero a la pizarra.

En el siguiente recreo las Gallinas Locas emprendieron la búsqueda de los Pigmeos para entregarles el vale, tal y como habían acordado.

—Espero que no empiecen otra vez a meterse con mi pelo —murmuró Trude.

—Qué va —dijo Melanie palpándose el cuello con la mano—. Eh, mira —le susurró a Trude—. ¿Me está saliendo otro grano aquí?

—Lo tienes rojo —le dijo Trude—, pero no parece que sea un grano.

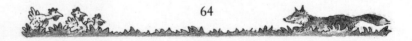

—¡Pero si parece un chupetón! —afirmó Frida en tono severo.

Melanie se subió rápidamente el cuello del abrigo.

—¡Qué bobada! —replicó.

—¡Es verdad! —afirmó Wilma—. Frida tiene razón. Tiene toda la pinta de ser un chupetón. ¿Quién ha tenido el honor? Venga, si me lo cuentas no lo registraré en el libro de la pandilla, palabra de honor.

Furibunda, Melanie se abrió paso entre una muchedumbre de alumnos mayores que estaban fumando.

—Granos y chupetones —gruñó Sardine—. ¡Lo que hay que oír! Y encima ahora mi madre se pasa los días escuchando cintas para aprender inglés mientras conduce el taxi. Y en vez de leer el periódico mientras desayuna, lo único que lee son libros sobre Estados Unidos. Dice que ya no quiere saber nada de los malos rollos de aquí. Y cuando yo le digo que en Estados Unidos también hay un montón de malos rollos, pone una cara muy rara y me dice: «Sí, pero son emocionantes.» Imaginaos. ¡Deberían investigar los efectos que provoca la decepción amorosa en el cerebro!

—A lo mejor deberíamos emparejarla con el profe de ciencias —sugirió Melanie—. Ya sabéis, ese que lleva una trencita tan mona... Yo creo que está soltero.

—Ah, ¿sí? ¿Y tú por qué lo sabes? —preguntó Sardine—. Además, en mi casa no entra un profesor. Por encima de mi cadáver. ¡Sólo faltaría que un profe me hiciera de padre! —Sardine entornó la mirada, escandalizada—. ¡Lo peor de lo peor!

—Ah, ¿sí? —Melanie frunció los labios, ofendida—. ¿Preferirías uno que se quede todo el día en casa porque no tiene trabajo? No tiene ni pizca de gracia, te lo digo yo.

—Prefiero no tener ninguno, y punto —respondió Sardine.

—Pues eso tampoco tiene gracia —murmuró Trude, cuyo padre se había marchado de casa hacía dos meses. En ese tiempo hasta se había echado una novia nueva. Cuando Trude iba a verlo los fines de semana, ella siempre le cocinaba platos de dieta. Y además, debía de creer que todos los niños son medio sordos porque el día que conoció a Trude, bajó la voz y le preguntó a su padre delante de ella si su hija siempre había sido tan gordita o había engordado por el disgusto.

—¡Eh, Trude! —le dijo Melanie tirándole del pelo—. ¿Tú sueñas con tu primo?

—No creas que todo el mundo es como tú, Meli —replicó Sardine—. No todo el mundo se pasa la vida entera pensando en chicos. ¡Por fin! —exclamó, acelerando el paso—. Ahí delante están los enanitos del bosque. Lo hemos conseguido.

Al fondo del patio divisaron a los Pigmeos jugando al fútbol entre los charcos. Cuando Torte vio que las Gallinas se acercaban, le lanzó el balón sucio de barro a Frida, justo a la barriga. Fred, enfadado, lo agarró del hombro, tiró de él hacia atrás y le gruñó algo al oído. Torte apretó los labios con rabia, pero asintió con la cabeza.

—Dile a tu jefecillo espía que como siga haciendo de las suyas se va a buscar un problema —dijo Sardine mientras le entregaba el vale a Fred—. Yo no tengo tanta paciencia como Frida.

—Ya, ya, a nosotros también nos saca de quicio —murmuró Fred examinando el vale—. ¿Es verdad que Frida está saliendo con otro?

—¡Pero que no, pesados! —exclamó Sardine lanzán-

dole una mirada furibunda, pero Fred ya se había dado la vuelta.

—«Nosotras, las Gallinas Locas —leyó Fred en voz alta— certificamos por la presente que nos hallamos en deuda con los Pigmeos. Este vale debe ser canjeado en los próximos seis meses y no será válido para todo aquello que pueda herir el orgullo o el honor de las Gallinas Locas. Firmado: Sardine, Melanie, Trude, Frida y Wilma.»

Fred alzó la vista del papel con una sonrisa burlona.

—Orgullo y honor. Qué rimbombante.

—¿Y quién ha dibujado la gallina que hay debajo? —preguntó Steve, asomándose por encima del hombro de Fred.

—Yo, ¿qué pasa? —Sardine lo miró con hostilidad.

—¿Está enferma? ¿Tiene anorexia o algo así? —preguntó Steve.

—La gallina no sé, pero tú seguro que no —respondió Melanie, y acto seguido se metió un chicle en la boca.

—¡Y a ti te está saliendo otro grano! —le contestó Steve con malicia—. ¡Bienvenida al club de la paella!

Melanie sintió tal arrebato de rabia que se quedó sin palabras y se llevó la mano a la tirita con purpurina.

—¿Y ahora podemos hablar ya del sábado? —preguntó Sardine.

—Claro, dispara —contestó Fred, sonriendo con sarcasmo.

Sardine se limitó a mirarlo con gesto sombrío.

—Mira, yo sólo espero que vuestros cerebros de mosquito entiendan la gravedad del asunto. Es cuestión de vida o muerte, ¿queda claro?

—Y de caldo de gallina —terció Steve.

Fred le arreó un codazo.

—El sábado todo es posible —le susurró Wilma a Sardine.

—Bueno, explícanos de una vez cómo irán las cosas —dijo Fred—. El recreo no es eterno.

—Vale. —Sardine miró a los demás Pigmeos con desconfianza—. De la hora ya hemos hablado. Nos encontraremos a las ocho en punto delante de los abetos que hay al principio de la calle. No olvidéis las cajas. Lo mejor es que traigáis algo para pintaros la cara de negro. Y convendría que os pusierais ropa oscura.

Steve soltó una risita.

—Madre mía, yo creía que sólo íbamos a robar unas cuantas gallinas pero, por lo que dices, cualquiera diría que vamos a atracar un banco.

—Cierra el pico, Steve —gruñó Fred—. Con la abuela de Sardine no se puede bromear.

Sardine continuó su explicación:

—Esconderemos las bicis detrás de los arbustos que hay enfrente de la casa de mi abuela. Entraremos sigilosamente en el huerto; yo iré delante. No se os ocurra pisar los bancales, que luego me toca a mí arreglarlos.

—Eh, que no somos tontos —refunfuñó Willi—. ¿Algo más aparte de eso?

—Sí. Para la cacería lo mejor será que traigáis lonchas de algún embutido —dijo Sardine—. Las gallinas se pirran por el embutido y será más fácil atraparlas mientras picotean la carne. Wilma se quedará a la puerta del gallinero montando guardia durante todo el tiempo que estemos dentro. En cuanto hayamos metido las gallinas en las cajas, ¡corriendo al jardín! Yo saldré la primera. Y nada de cuchicheos ni de risitas, ¿entendido? Ya tendremos bastante con el jaleo que armarán las gallinas.

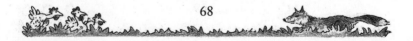

—Entendido —asintieron los Pigmeos.

—Cuando salgamos a la calle —continuó Sardine—, colocaremos las cajas con las gallinas en nuestras bicis y las llevaremos a un lugar seguro. Vosotros os esperáis diez minutos y después os marcháis a casa.

—¿Que esperemos diez minutos? —preguntó Willi—. Pero ¿tú estás chalada? ¿Qué quieres, que tu abuela nos descubra?

—Bueno, vale. —Sardine se encogió de hombros—. Pues venís con nosotras hasta la calle principal, pero como muy tarde en el cruce, nos separamos.

Fred se tiró del aro de la oreja.

—¿Ya sabéis dónde vais a dejar a las gallinas?

—¡Claro, en el nuevo cuartel de nuestra pandilla! —anunció Wilma, sorbiéndose los mocos.

El codazo que Sardine le pegó en las costillas llegó demasiado tarde. Melanie suspiró.

—¡Anda, no me digas! —Fred lanzó a los demás Pigmeos una mirada de complicidad—. Las Gallinas por fin tienen un nido. No pensáis decirnos dónde está, ¿verdad?

Sardine sonrió con sorna.

—Apuesto lo que sea a que ahora crees que el sábado podréis seguirnos y ya está —le dijo—. Pues puedes ir quitándotelo de la cabeza, ¿entendido? Y como lo intentéis, yo misma en persona me encargaré de empujarte de la bici.

—Uy, estamos temblando de miedo —gruñó Willi—. ¿Verdad, Fred?

—Pero si vosotras sabéis dónde está nuestro cuartel —protestó Steve, indignado.

—¡Porque vosotros fuisteis tontos e invitasteis a Melanie! —replicó Sardine—. Pero ahora en serio: quiero

que me deis vuestra palabra de honor de que el sábado no nos seguiréis.

Los chicos se miraron. Luego juntaron las cabezas y comenzaron a cuchichear entre ellos durante bastante rato.

—Vale —dijo Fred al fin—. Prometido. El sábado por la noche no os seguiremos. Todo sea por las gallinas... por las que tienen plumas, se entiende. Palabra de honor.

Sardine lo miró a los ojos con cierto recelo, pero Fred le sostuvo la mirada.

—Vale, lo habéis prometido —dijo—. Espero que la palabra de honor de los enanitos del bosque sirva de algo.

—No nos estarás insultando, ¿verdad? —preguntó Willi con expresión sombría—. Claro, para salvar a vuestras estúpidas gallinas sí somos buenos, pero para lo demás...

—Oh, Sardine no quería decir eso —intervino Melanie rápidamente.

—Sí, claro que quería decirlo —dijo Fred con una sonrisa burlona—. Lo que le pasa es que tiene la lengua muy larga. Pero podremos vivir con eso. —Se volvió y cogió a Willi por el hombro—. Ya averiguaremos dónde tienen esas pájaras locas su nuevo nido, ¿a que sí?

—Sólo es cuestión de tiempo —añadió Steve.

—Exacto. —Fred les hizo una señal a los demás para que lo siguieran.

—¡Id a buscar lombrices! —exclamó Torte volviendo la cabeza—. Hoy hace un tiempo perfecto para eso.

—¡Eso! —dijo Steve mientras intentaba pescar el balón de fútbol en un charco—. Y tu corte de pelo, Trude, tenía que decírtelo otra vez, es tan irresistible... Seguro que era una peluquería masculina, ¿no?

Luego, entre carcajadas, salió corriendo para alcanzar a los demás.

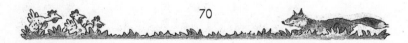

—Tiene que ser ahí —señaló Frida, apoyando su bici contra la alambrada—. Trude ha dicho que era el último terreno antes de llegar al bosque.

—Qué bonito es esto —dijo Sardine mirando a su alrededor.

La estrecha carretera que habían recorrido para llegar hasta allí se perdía entre inmensos árboles un poco más adelante. Se veían muy pocas casas. Por el lado derecho de la carretera discurría un manso arroyuelo entre zarzales y ortigas. Al otro lado, entre árboles prácticamente desnudos, se divisaban algunas casas y cobertizos para guardar barcas.

Sardine volvió la vista atrás entornando los ojos.

—Parece que no nos ha seguido ningún Pigmeo —comentó.

Frida se encogió de hombros y echó a andar hacia el seto de espino blanco que cercaba el terreno del padre de Trude.

—Los jueves Torte tiene clases particulares después del cole —dijo—. Y a Steve le he quitado la válvula de la rueda delantera de la bici como medida de precaución, para que

se entretenga un rato. Él es el único que le sigue la corriente a Torte con sus tonterías. Vamos, aquí está la entrada.

Entre las dos abrieron una cancela desvencijada que pendía de dos postes torcidos.

—¿Lo habrá construido el padre de Trude? —preguntó Frida entre carcajadas cuando, al abrirlo, casi se les desmonta.

El terreno era inmenso. Por un lado lindaba con el bosque, por el otro con unas tierras sin cultivar. La caravana estaba situada al fondo, bajo un inmenso árbol cuyas hojas caídas habían formado una especie de boina marrón y húmeda sobre el techo.

—¡Es azul! —exclamó Sardine asombrada—. Y parece que tiene dibujitos.

Avanzaron juntas hacia la caravana dando grandes zancadas. El padre de Trude no debía de haber ido mucho por allí después de marcharse de casa, pues se notaba que nadie había segado la hierba en los últimos tiempos. Al cabo de unos cuantos pasos, los pantalones se les habían empapado hasta las rodillas.

—¿Has visto eso? —murmuró Sardine. La caravana no sólo estaba pintada de azul celeste, sino que además el padre de Trude había dibujado estrellas, lunas y cometas por todas partes.

—Un poco cursi, ¿no? —comentó Frida con una sonrisa burlona—. Pero es bonita. Venga, vamos a asomarnos a la ventana.

Sardine la detuvo.

—¡Espera! —musitó—. ¿Lo oyes?

Percibieron con toda claridad una música un tanto sentimentaloide que salía de la caravana, también oyeron voces. Sardine y Frida se miraron extrañadas.

—¿Y si es el padre de Trude —susurró Sardine—, con su nueva novia?

Recorrieron sigilosamente los últimos metros hasta llegar a la caravana y se situaron debajo de la ventana para escuchar. Dentro oyeron risas. Luego alguien subió el volumen de la música.

—Voy a mirar dentro —bisbiseó Sardine, poniéndose de puntillas.

—¡No! —Frida le tiró de la manga del abrigo para apartarla de la ventana—. Déjalo, esto no es asunto nuestro. ¿Y si resulta que...?

—¿Qué? —preguntó Sardine sonriéndose, y volvió a ponerse de puntillas. Consiguió atisbar a través del sucio cristal de la ventana, pero para su gran decepción, no halló nada interesante que ver. Al otro lado sólo había una mesa con algo encima, pero estaba cubierta con un pañuelo grande de color rosa que lo tapaba. Sardine estiró el cuello.

—Sardine, ¡quítate de ahí! —volvió a susurrarle Frida—. Vamos a esperarlas en la carretera.

Pero Sardine siguió a lo suyo.

—Uy, aquí se va a liar una buena cuando venga Trude —musitó pegando la oreja a la ventana.

Frida volvió a tirarle del abrigo. Sardine intentó soltarse con tanta rabia que golpeó la pared de la caravana con el codo. Aquel ruido seco le hizo dar un respingo. La música de la caravana cesó.

Las dos Gallinas, asustadas, se acurrucaron debajo de la ventana.

—¡Jolín, ahora sí que la has hecho buena! —susurró Frida.

En ese preciso instante se abrió la puerta de la caravana y alguien bajó las escaleras. Sardine se aventuró a echar

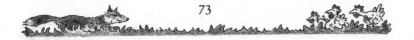

73

un vistazo por encima de Frida, que estaba acuclillada agachando la cabeza.

Aquél no era el padre de Trude.

Era del todo imposible. El chico tenía como mucho quince años, no era especialmente alto, estaba flaco como una caña de bambú y tenía una abundante pelambrera negra. Hacía ya mucho tiempo que el padre de Trude no tenía tanto pelo.

Un ladrón.

Un ladrón de caravanas.

Sardine notaba las palpitaciones del corazón en la garganta, pero no de miedo, sino de rabia.

De un salto se puso en pie y, para gran espanto de Frida, se plantó delante de las escaleras de la caravana.

—¿Qué estás haciendo? —dijo, increpando al desconocido—. Es nuestra caravana. Largo de aquí, venga, a toda pastilla. Y pobre de ti como hayas roto algo.

El desconocido ni se inmutó ante la repentina aparición de Sardine. Y la verdad es que, a juzgar por su cara, no podía decirse que se sintiera culpable de estar allí. Todo lo contrario. Parecía estar disfrutando de lo lindo. Cruzó los brazos y esbozó una amplia sonrisa.

—¡Eh, sal un momento, aquí fuera hay alguien que está perdiendo los nervios! —exclamó, dirigiendo sus palabras hacia el oscuro interior de la caravana—. Pelo largo y rubio rojizo, piernas delgadas y pantalones de tigre, cara de pocos amigos y arrugas de mosqueo entre las cejas. A ver si adivino quién es...

Se oyeron ruidos en la caravana. Sin duda había alguien allí dentro. Como medida de precaución, Sardine retrocedió un paso, pero sólo un paso pequeño. Frida se puso tras ella.

—Déjame adivinar —dijo el desconocido, que se inclinó hacia delante con una sonrisa de oreja a oreja—. Sardine y..., veamos: Wilma o Frida. No, Wilma tiene que ser más bajita. Entonces Frida.

Sardine y Frida intercambiaron una mirada fugaz.

—Éste ha de tener algo que ver con los enanos del bosque —gruñó Sardine—. Y como todo esto sea por culpa de los celos de Torte, pienso ir a chivarme personalmente a Fred. Se...

—Hola, Sardine. —Trude asomó la cabeza por la puerta de la caravana con una tímida sonrisa.

—¡Bingo! —exclamó el desconocido, que cogió a Trude de la mano—. Son dos de las Gallinas. Lo sabía. Pero no me habías dicho que os espiabais las unas a las otras.

—No nos espiamos, es que hemos quedado aquí —dijo Trude—. A las tres. ¿Ya son las tres? Yo... —Se tocó los lóbulos de las orejas abochornada. Los tenía muy rojos, más rojos aún que la cara.

—¡Sí, son las tres! —aseveró Sardine, y examinó de arriba abajo y con cierto recelo al chico, que en ese momento abrazaba a Trude por la cintura.

—Eh, sí, eso, son las tres —dijo Frida, que logró esbozar una sonrisa amigable—. ¿Es tu primo, Trude?

Trude asintió y posó con cierta timidez una mano sobre el hombro de Paolo.

—Sí, éste es Paolo —murmuró—. Estábamos..., ejem, estábamos... —Volvió la mirada hacia la caravana—. Estábamos haciéndonos unos agujeros en las orejas. Hemos tenido que venir aquí porque... —soltó una tímida risita—, bueno, porque mi madre no me deja por la alergia y todo eso, pero Paolo ya se ha hecho uno y controla. Me refiero a los agujeros de las orejas, claro. No me ha doli-

do nada. —Apartó con suavidad la mano de Paolo de su cintura y bajó las escaleras—. ¿Os gusta la caravana? —preguntó, algo insegura—. Es un poco hortera, ¿no?

—Qué va, ¡nos ha encantado! —aseguró Frida—. Nos hemos quedado alucinadas, en serio.

Sardine no dijo nada. Seguía mirando al primo de Trude. Él volvió a lanzarle una sonrisa burlona un poco descarada y se metió en la caravana.

—Cuando se hace de noche, es mucho más chulo —aseguró Trude precipitadamente—. ¿Veis la bombilla que cuelga del techo? Se puede encender. Y en el cobertizo que hay detrás... —señaló hacia el linde del bosque—, ahí podemos meter a las gallinas de la abuela Slättberg, ¿no?

—Claro. —Sardine echó un vistazo al pequeño cobertizo. Luego volvió la vista hacia Trude. Tenía las orejas como un tomate—. ¿Y tu primo estará presente cada vez que quedemos? —bisbiseó Sardine—. Porque en ese caso, prefiero que sigamos peleándonos con Titus. Al menos a él ya lo conocemos.

—No, no te preocupes por eso. —Trude negó enérgicamente con la cabeza—. Sólo está de visita esta semana.

Desde la carretera se oyó la contraseña de las Gallinas, un pitido corto seguido de otro largo. Dos veces exactamente igual. La cancela traqueteó y Melanie echó a correr por la hierba húmeda hacia ellas. Wilma la siguió dando algún que otro traspié y sin dejar de estornudar.

—¡Guau! ¿Es éste? —exclamó Melanie. Llegó ante la caravana casi sin aliento—. Estrellas, lunas, cometas... Vaya, seguro que a los chicos les parecerá una cursilada, pero... —le dio un golpecito a Sardine con el codo—, a mí me parece súper, ¡es increíble! Trude se merece una medalla, ¿verdad? —dijo acariciando el pelo corto de su ami-

ga—. Eh, ¿qué te has hecho en las orejas? Las tienes...

De pronto desvió la mirada.

El primo de Trude bajó las escaleras de un salto.

—Pásalo bien, *bella* —dijo, dándole a Trude un beso en la boca.

Luego dirigió a las demás Gallinas una radiante sonrisa y atravesó la explanada de hierba alta hacia la carretera. De entre las frondosas ramas colgantes del espino blanco sacó una bici, la pasó al otro lado del cercado, luego saltó la valla y se esfumó.

Wilma se quedó mirando fijamente a Trude como si fuera un monstruo de dos cabezas. Melanie mascaba un chicle con nerviosismo. Frida esbozó una sonrisa burlona.

—Qué cara se os ha quedado, como si no hubierais visto un chico en vuestra vida... Vamos —dijo Frida, llevándose a Trude con ella—. Enséñanos el nuevo cuartel de nuestra pandilla. Quiero ver hasta el último rincón.

—¿Qué estaba haciendo aquí ese chico? —le preguntó Melanie a Sardine entre cuchicheos cuando las otras dos se metieron en la caravana—. ¿Estaban dentro juntos cuando habéis llegado?

—Oh, Meli —suspiró Sardine, y echó a andar detrás de Wilma, que no paraba de sorberse los mocos.

Melanie se quedó fuera. Volvió la vista atrás hacia la carretera, luego examinó detenidamente la caravana.

—¡Podríamos escribir en letras bien grande «Las Gallinas Locas» en la puerta! —exclamó dirigiéndose a las otras—. En dorado. ¿Qué os parece?

Wilma asomó la cabeza por la puerta de la caravana.

—Entra de una vez, Meli —dijo—. ¡Entra a ver el mejor cuartel que jamás se haya visto en el mundo!

—Se calentará enseguida —dijo Trude, cerrando la

puerta tras Melanie y encendiendo un pequeño radiador.

El padre de Trude había pintado las paredes del interior de la caravana del mismo azul que el exterior. También había estrellas, todo el techo estaba plagado de estrellas.

—He preparado una cosa —anunció Trude, retirando el pañuelo rosa que tapaba la mesa situada bajo la ventana.

Al descubrirla aparecieron unos cuantos platos y unas tazas, y también un pequeño pastel con cinco velas en el que ponía «Las Gallinas Locas» con letras de bonitas filigranas.

—Cada una tiene que soplar una vela. —Trude colocó sobre los platos unas servilletas que había doblado con formas artísticas—. Ya sé que no tenemos nada que celebrar hasta que no hayamos rescatado a las gallinas, pero bueno. Paolo me ha ayudado a hacerlo, porque si no, no me habría salido. ¿Qué, eh? ¿Qué os parece?

Las otras la miraron sin saber qué decir.

Frida la abrazó con tanta fuerza que le desencajó las gafas.

—¡Es precioso! —exclamó Wilma, que se sorbió la nariz, se sonó los mocos y se sentó en una banqueta junto a la mesa—. ¡Precioso!

Sardine se sentó a su lado.

—Deberíamos nombrar Gallina de honor a Trude —dijo—. ¿Hay algo así en nuestro libro secreto?

—No —se lamentó Wilma, negando con la cabeza—. Ni siquiera tenemos una medalla. Pero podríamos nombrarla guardiana del tesoro de las Gallinas. ¡Vaya, hombre! —dijo dándose un manotazo en la frente—. Hoy no lo he traído. El próximo día, ¿vale?

El tesoro de las Gallinas estaba formado por cosas de lo más variopintas. En el viejo cofre que Sardine había encon-

trado en el desván de su abuela guardaban las entradas de las películas de cine y los conciertos a los que habían ido todas juntas, y también los autógrafos que Melanie había conseguido con ayuda de los enérgicos empujones de las demás, y un montón de fotos del último viaje de la clase, entre las que destacaba una de los Pigmeos durmiendo que Wilma había sacado sin que se dieran cuenta. También había el bote de la pandilla, en el que iban metiendo dinero regularmente, y el libro secreto de la pandilla que, desgraciadamente, por el momento, no contenía muchos secretos.

Trude se ruborizó.

—No, no es necesario —dijo. Fue hasta la pequeña cocina y puso al fuego un recipiente con agua—. Lo del tesoro lo hace Wilma mucho mejor. A mí se me olvidaría todo el rato dónde lo he escondido.

—¿Habéis visto? —Frida se colocó detrás de Trude y echó un vistazo alrededor sin salir de su asombro—. Una cocina de verdad. Con vajilla y cazuelas, y hasta un frigorífico. ¿De dónde viene la electricidad?

—La cocina es de gas —explicó Trude—. En el armario de abajo está la bombona, es nueva. Y la electricidad... —Se encogió de hombros—. Mi padre me lo explicó una vez, pero ya no me acuerdo. El caso es que funciona. Lo único malo es que el baño está fuera. En la caseta de madera que hay detrás de la caravana. Ahora en invierno se pasa mucho frío porque no es más que una letrina.

—Entonces será mejor que no bebamos tanto té, ¿no? —comentó Wilma, sorbiéndose la nariz como siempre.

—Pues sí. —Trude soltó una risita. Puso dos vasos sucios en el fregadero y sacó una tetera de un pequeño armario colgado en la pared. En los vasos todavía había restos de refresco de cola.

Melanie los olisqueó.

—Según parece alguien ha estado bebiendo ron con cola.

—¿Y qué? —Frida tiró los restos de cola y apartó a Melanie a un lado—. Haz algo útil, venga. Enciende las velas del pastel.

—Vale, vale. —Melanie le quitó las cerillas a Trude de la mano—. Pero sigo pensando que en una pandilla no debería haber secretos.

—Ah, ¿no? —Sardine sacó la cabeza del armario que estaba inspeccionando en aquel momento—. Pues cuéntanos quién te ha hecho el chupetón que tienes en el cuello.

Melanie se mordió los labios y encendió las velas sin rechistar.

Cuando Trude sirvió el té, apagaron las velas todas a la vez y Frida cortó el pastel. Trude también cogió un trozo, y uno bastante grandote.

Melanie la observó boquiabierta.

—¿Ya vuelves a comer dulces? ¿Y eso desde cuándo? ¿Qué ha pasado con tu dieta?

Trude se encogió de hombros y se llevó la cuchara a la boca con un gesto de placer.

—Bah, ya me he cansado —dijo con la boca llena—. Paolo dice que las dietas no sirven para nada. ¿Sabéis qué me ha contado? Que en algunos países yo sería guapísima. En Arabia, por ejemplo. —Soltó una carcajada—. Imaginaos, allí Melanie les parecería horrible porque se le notan todos los huesos.

—¿Cómo que...? —exclamó Melanie atónita—. ¡Ese chico está como una cabra!

Frida esbozó una sonrisa socarrona.

—Tranqui, Meli, que no estamos en Arabia —dijo—. ¿Y cómo es en Estados Unidos, Sardine?

Pero Sardine no les prestaba atención. Estaba de pie mirando fijamente al colchón de espuma que había al fondo de la caravana.

—Jo, ¿creéis que podríamos quedarnos aquí a dormir algún día? —preguntó—. Todas juntas. Sería chulo, ¿no?

Wilma miró por la ventana con un cierto titubeo.

—Pero esto está un poco aislado, ¿no?

—Qué bobada —dijo Sardine—, estando aquí las cinco ¿qué podría pasar?

—Bueno, ahora debemos pensar en cosas más urgentes. —Frida sirvió otra ronda de té—. Hoy ya es jueves y tenemos que darnos prisa en construir algo para las gallinas. Algún corral para que puedan salir del cobertizo.

—Es verdad —suspiró Sardine, sentándose a la mesa junto a las demás—. Pero ¿de dónde vamos a sacar la malla de alambre para construir el cercado? ¿Reunimos dinero y lo compramos en una ferretería?

—¡Primero podemos echar un vistazo en la chatarrería! —sugirió Wilma con voz gangosa mientras se calentaba las manos con la taza de té—. Por allí siempre hay restos de vallas.

—Buena idea. —Sardine miró hacia fuera. Se había levantado niebla, que se extendía como una manta blanca sobre la hierba húmeda—. Pues deberíamos resolverlo hoy mismo. Yo preferiría quedarme aquí, pero no nos queda mucho tiempo.

En aquel momento Trude miró avergonzada su reloj.

—Esto..., yo es que no sabía que íbamos a hacer eso hoy —dijo—. He quedado para ir al cine y la peli empieza a las cinco. Pero... —Lanzó una mirada vacilante a Sardine.

—¿Quieres ir al cine? —Melanie la miró estupefacta, como si a Trude le estuvieran creciendo cuernos o algo

así—. Pero si siempre dices que no te apetece ir al cine porque no puedes resistir la tentación cuando pasan con los helados. No me digas más, vas a ir con tu...

—¡Pues claro que Trude puede ir al cine! —la interrumpió Frida—. La valla la podemos conseguir aunque ella no esté, y de todas formas tenemos que esperar a otro día para construir el cercado. Para cuando salgamos de la chatarrería ya se habrá hecho totalmente de noche.

—¡Es verdad! —admitió Sardine encogiéndose de hombros.

—¡Oh, gracias! —tartamudeó Trude—. No os preocupéis por los platos, ya limpio yo luego, ¿vale? Y os prometo que no haré ningún plan para mañana. Palabra de honor.

Cuando todas se subieron a las bicis, Trude salió disparada, como si la persiguieran los mismísimos marcianos. Al verla, Melanie sacudió la cabeza.

—Yo creo que en realidad Trude no quería ir al cine con Meli —le susurró Sardine a Wilma mientras recorrían la estrecha carretera—. Supongo que Meli sólo va al cine para que los chicos le tiren palomitas y le digan que tiene un pelo muy bonito.

A Wilma le dio tal ataque de risa, que iba haciendo eses con la bicicleta.

—¡Seguro que estás diciendo una de tus maldades, Sardi! —exclamó Melanie desde atrás.

—¡Es la verdad y nada más que la verdad, Meli! —respondió Sardine volviendo la cabeza—. Te doy mi palabra de Gallina. ¡Nada más que la verdad!

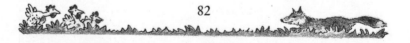

Hacía mucho tiempo que las chicas no pasaban por la chatarrería. Y eso que la cabaña de los Pigmeos estaba muy cerca de allí.

—¿Cuánto tiempo ha pasado desde que les serramos la escalera? —preguntó Wilma en el camino.

—Por lo menos un mes y medio —respondió Frida.

Lo de cortarles la escalera con una sierra había sido la venganza por el trozo de pan de pasas que los Pigmeos le habían metido a Sardine en la mochila del cole. Y aquélla había sido la última jugarreta que se habían hecho unos a otros. En cierto modo las Gallinas se habían cansado de tramar gamberradas a todas horas. Y a juzgar por la venganza que Torte había planeado él solo, a los Pigmeos les debía de pasar lo mismo.

Con todo, Melanie sostenía que el pacifismo de los chicos se debía solamente a lo atareadísimos que estaban acondicionando su cabaña para el invierno. Y Wilma albergaba la sospecha de que Steve escondía entre sus cartas una lista escrita en el código secreto con todas las fechorías, producto de su mente retorcida, con las que los

chicos pensaban entretener a las Gallinas a lo largo de la aburrida monotonía del invierno. Por el momento, Wilma no había logrado robarles aquella perversa lista. Steve guardaba sus cartas como si fueran sagradas.

—¿Lo oís? ¿Estaban hace un mes y medio esas excavadoras? —preguntó Wilma cuando se detuvieron ante la chatarrería.

Unos cuantos copos de nieve cayeron del cielo. Hacía un frío que pelaba.

—Pues el fin de semana pasado no estaban ahí —respondió Melanie, y de pronto se le extendió el rubor bajo la crema color maquillaje de los granos al ver que las demás la miraban estupefactas—. ¡No me miréis así! Sí, pasé por aquí. Y también estuve en la cabaña. Los chicos querían que les ayudase a escoger los colores. —Tiritando de frío, se subió el cuello del abrigo—. ¿Qué pasa? ¿Me vais a fusilar por traidora? A mí no me caen tan mal como a vosotras. De vez en cuando me gusta pasar un rato con ellos. Pero no les he enseñado nuestro código secreto y tampoco llevaba conmigo nuestro libro secreto, ¿vale? Y aunque así hubiese sido, tampoco hemos escrito nada del otro mundo.

—Eso es cosa tuya —dijo Frida—. Si tú los aguantas... —Acercó la bici un poco más al portón—. Ese cartel seguro que no estaba, ¿a que no?

En medio del solar, clavado sobre dos postes altísimos, se alzaba un inmenso letrero.

«Ampliación de nuestro almacén de objetos usados y chatarra —leyó Frida en voz alta—. Tras la finalización de las obras dispondremos de más del doble de capacidad de almacenamiento. Fecha provisional de inicio de las obras: 14 de noviembre.»

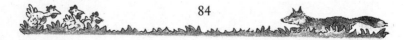

Frida miró atónita a su alrededor:

—Eso es el lunes. ¿Hacia dónde piensan ampliarlo? Ahí delante está la carretera. ¡Van a destruir el bosque!

Todas contemplaron el cartel sin dar crédito a lo que estaba sucediendo. Hasta que Wilma soltó una carcajada.

—¡Toma ya! Ahora que por fin tenemos un cuartel, resulta que los Pigmeos van a quedarse sin el suyo. ¡Qué cosas!

—Sí, qué cosas —murmuró Sardine sin apartar la mirada del cartel.

—¡Pues yo no le veo la gracia! —increpó Melanie a Wilma—. Los Pigmeos han tenido que trabajar mucho para construir la casa del árbol. Para ellos es... —se apartó el pelo de la cara—, es como su hogar.

—¿Y qué? —Wilma se apoyó sobre el manillar de su bici con cara de ofendida—. ¿Es que ya no te acuerdas de cómo se reían cuando se cayó nuestra cabaña de madera? ¿Se te han olvidado todas las estúpidas bromitas que tuvimos que aguantar?

—Tranquilízate, Meli —dijo Sardine, pasando con la bici entre las dos—. Wilma tiene razón. Los Pigmeos son especialistas en reírse de las desgracias de los demás.

—¡Qué chorrada! —Frida se bajó de la bici y dejó el manillar en manos de Sardine—. No hay que tomarse en serio sus bromas. Cuando los necesitamos, siempre están ahí. ¿O acaso les hemos tenido que suplicar lo del sábado? —Con paso afirme atravesó el portón abierto de la chatarrería.

—¿Qué piensas hacer? —exclamó Sardine, inquieta.

—Voy a preguntar por dónde piensan ampliar la chatarrería —respondió Frida sin volverse.

Se abrió paso entre las montañas de chatarra de coches

y escombros de las obras hasta llegar a la caseta de madera en la que había un vigilante sentado escuchando la radio y, sin pensarlo dos veces, llamó a la puerta.

—¡Qué desparpajo tiene! —susurró Wilma con admiración—. Yo me pongo de los nervios cada vez que he de preguntarle algo a un desconocido.

—Excepto cuando puedes apuntarles con tu pistola de agua a la cara —dijo Melanie.

—Frida tiene mucho más aplomo desde que colabora con ese grupo —murmuró Sardine—. No consigo aprenderme el nombre.

—«*Terre des hommes*» —contestó Melanie con cierta pedantería—. Se llama «*Terre des hommes*». Es francés. El vigilante no abre. Mirad. Frida está llamando a la puerta otra vez.

Frida aporreó enérgicamente la puerta de madera con el puño. Aquella vez surtió efecto. El vigilante asomó la cabeza por la puerta de mala gana. Las otras Gallinas no oyeron la pregunta de Frida, pero vieron que el hombre respondía, señalaba hacia el bosque y le daba con la puerta en las narices. Frida regresó con gesto de desánimo.

—Cuéntanos, ¿qué pasa? —la apremió Sardine cuando llegó hasta ellas.

—Van a talar todo el bosque —respondió Frida—. El lunes empiezan las obras. Y piensan cubrir la charca que hay junto a la cabaña del árbol de los chicos.

—¡Oh, no! —se lamentó Melanie—. Los chicos llevan semanas dejándose la piel trabajando en la guarida. —Con los labios muy apretados Melanie miró hacia el bosque.

—¿Sabéis una cosa? —dijo Sardine dando la vuelta con la bici—. Que lo averigüen ellos por su cuenta. Vamos a buscar la valla y nos largamos de aquí.

Pero Frida negó enérgicamente con la cabeza.

—No, no podemos hacer eso. Yo creo que debemos contárselo.

—Yo también —la secundó Melanie, mirando fijamente las excavadoras.

—Si vosotras lo decís... —Wilma se encogió de hombros—. Pero conociéndolos, seguro que nos echan a nosotras la culpa del problema.

—Es más que probable —murmuró Sardine—. Bueno, ya está bien. Acabemos con esto cuanto antes.

Llevaron las bicicletas en silencio hasta el límite del bosque, les pusieron los candados y emprendieron el camino hacia la cabaña de los Pigmeos. Entre los árboles apenas había luz, pero las chicas conocían perfectamente el camino.

Aunque aún estaban lejos, oyeron con toda claridad el estrépito del radiocasete de Willi.

—Música basura —murmuró Wilma sorbiéndose los mocos y limpiándose con la manga. Se le habían acabado los pañuelos de papel.

Tres grandes quinqués colgaban de la cubierta de la cabaña del árbol reflejando la luz abajo, en las aguas oscuras de la charca. La plataforma que había delante de la guarida estaba tan iluminada que las chicas pudieron reconocer a todos y cada uno de los Pigmeos a pesar de que ya estaba oscureciendo. Efectivamente, los chicos habían decidido pintar las paredes de negro, tal y como Melanie había dicho. Estaban eufóricos, se perseguían unos a otros con los pinceles pringosos, seguían a golpe de brocha el compás de la estentórea música y, a juzgar por sus caras de felicidad, se sentían los reyes del mundo.

—Será mejor que les avisemos de que estamos aquí, ¿no? —sugirió Sardine cuando llegaron a la orilla de la charca y miraron hacia arriba—. No me gustaría pillarles desprevenidos con una noticia tan mala.

Melanie asintió, miró a su alrededor y apartó las hojas secas a un lado con el pie.

—Por aquí, en alguna parte, tienen escondido el sistema de alarma —dijo—. Aquí.

Metió el pie por debajo de una cuerda que había sobre el suelo y levantó el pie con una sacudida.

Arriba, en la cabaña de los Pigmeos, saltó una sirena. Asustados, los chicos dejaron caer las brochas. Torte se abalanzó sobre el radiocasete y lo apagó, y Fred y Willi recogieron rápidamente la escalera. Cuando vieron aparecer a las cuatro chicas entre los árboles se asomaron hacia abajo con desconfianza y dejaron la escalera arriba.

—Apaga ya la sirena, Steve —ordenó Fred, gritando más de lo necesario.

Steve entró en la cabaña a la velocidad del rayo. Un instante después, se hizo el silencio, para alivio de todos.

—Madre mía, ¿quiénes creíais que éramos? —exclamó Sardine con ironía—. ¿Unos marcianos invasores? ¿De dónde habéis sacado esa sirena?

—Es una grabación —gruñó Fred—. Pero no pienso explicaros cómo funciona nuestra alarma. ¿Qué hacéis aquí? Lo sentimos, pero se nos ha acabado el pienso para gallinas.

—¡Hemos visto una cosa! —exclamó Wilma—. Y hemos pensado que lo mejor era venir a contároslo.

—¡Han visto una cosa! —Fred se volvió con una sonrisa burlona hacia los demás Pigmeos—. Veréis, ahora nos vendrán con el cuento de que los hombrecitos verdes existen.

—¡Seguro! —Steve se inclinó hacia delante y estuvo a punto de caerse de la plataforma—. ¿Os habéis fijado en que Trude no está? La habrán secuestrado los hombrecitos verdes por llevar un corte de pelo tan supermegaguay.

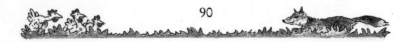

Sardine se dio la vuelta bastante mosqueada.

—Vámonos —les dijo a las otras—. Cogemos la valla de alambre y nos largamos. Ya se enterarán ellos solitos de lo que pasa. Como muy tarde, cuando entren las excavadoras.

—¡Eh, un momento! —Fred hizo una señal a Willi y los chicos volvieron a colocar la escalera—. Subid —dijo Fred.

Sardine odiaba las escaleras de mano, pero delante de los chicos disimulaba para no quedar en ridículo.

—Tú primero —le dijo a Frida, y apretando los dientes subió tras ella los tambaleantes peldaños.

—Haced un poco de sitio —les dijo Fred a Steve y a Torte mientras Willi y él esperaban junto a la escalera con los brazos cruzados. No parecían fiarse del todo de las buenas intenciones de las Gallinas. Torte puso mala cara y apartó a un lado los trastos de pintar mientras Steve arrastraba fuera de la cabaña la caja que utilizaban de mesa, colocaba unos vasos de papel y sacaba de la despensa una botella de cola.

—Venga, al grano —dijo Fred cuando estaban todos sentados alrededor de la pequeña mesa.

Sardine se sentó todo lo lejos que pudo del borde de la plataforma e intentaba no pensar en el inmenso abismo que se abría a su alrededor.

—Mejor cuéntaselo tú, Frida —dijo sin mirar a los chicos. Habría preferido diez veces, qué digo diez, cien veces haber ido hasta allí para gastarles una jugarreta. Pero aquello...

Frida carraspeó.

—¿Habéis pasado hoy por la chatarrería? —dijo llena de esperanza. Tal vez ya estaban al corriente. Pero Fred negó con la cabeza.

—No —respondió—. Siempre venimos por el otro lado. ¿Por qué? ¿Ha escrito Torte algo allí sobre ti?

Steve soltó una carcajada, sacó del bolsillo el mazo de cartas que empleaba para predecir el futuro y comenzó a barajarlas.

—Buena idea —gruñó Torte mirando fijamente a Frida con gesto sombrío.

—Jopé, Torte, ¡te estás pasando con el numerito de los celos! —le espetó Fred—. ¿Habéis venido por eso?

—¡Qué tontería! —Frida se apartó el flequillo de la frente—. En la chatarrería hay un montón de excavadoras por todas partes. Y un letrero que pone que van a ampliarla.

—¡Ah, sí! ¿Y qué? —Los chicos se miraron sin comprender. Steve extendió unas cuantas cartas y Willi sirvió cola para todos, le ofreció un vaso a Melanie y aprovechó la ocasión para arrimarse un poco más a ella.

—Frida le ha preguntado al vigilante hacia dónde piensan ampliarla —continuó explicando Wilma—. Él nos ha confirmado que... —Al ver la cabaña recién pintada, Wilma no pudo seguir hablando.

—Tienes una araña en el pelo —murmuró Willi, quitándole cuidadosamente a Melanie algo de los rizos.

—¿De qué demonios estáis hablando? —preguntó Fred impaciente—. ¿Qué pasa con la chatarrería?

—Eh. —Steve contempló las cartas con el ceño fruncido—. ¿Qué pasa aquí? Fuera de aquí, araña...

—Quieren talar todo el bosque —exclamó Sardine, que ya no pudo contenerse más—. ¡Las excavadoras ya están ahí! ¡Empiezan el lunes! El vigilante se lo ha dicho a Frida. ¿Entendéis ahora qué pasa?

Todo quedó en completo silencio, igual que entre los

—Vale, entonces una cosa menos —dijo Sardine sentándose otra vez—. ¿Algo más? Ah, sí, Meli tiene miedo —Sardine le lanzó una fugaz mirada socarrona— de que le salgan más granos con la pintura negra de la cara, así que mañana se cubrirá el cutis de porcelana y los ricitos de ángel con un pañuelo oscuro. De las cajas se ocupan los chicos. Le he dicho a Fred que tienen que hacer unos agujeros para que las gallinas respiren y poner un poco de lechuga dentro. Espero que no se les olvide. ¿Les habéis dicho a vuestros padres cuál es la peli que vamos a ver en mi casa?

Frida y Melanie asintieron con la cabeza.

—La segunda parte de *La guerra de las galaxias* —dijo Wilma.

—¡Hala! —exclamó Trude, apretándose la mano contra la boca—. Yo he dicho la cuarta parte.

—Pero qué dices —suspiró Sardine—. Arregla el tema, ¿vale?

Trude asintió, avergonzada.

—Yo tengo que ir mañana temprano a ayudar a mi abuela —afirmó Sardine—. Aprovecharé la oportunidad para coger pienso y redes. Al menos lo intentaré. Y comprobaré también si a mi abuela le funciona bien el televisor. Nunca se sabe.

Las demás asintieron. Entretanto fuera ya era completamente de noche. Las Gallinas se miraron. De repente se sintieron un poco incómodas, un poco tensas.

—Espero que no nos reconozca —murmuró Wilma.

—Y aunque nos reconozca —respondió Sardine—, aquí no nos encontrará nunca.

—Exacto. —Frida corrió las cortinas de la ventana para no ver la oscuridad. Con la luz de las velas brillaban las estrellas del techo.

árboles que los rodeaban, que apenas se distinguían a la luz del crepúsculo.

—Esto una broma pesada, ¿no? —preguntó Fred. Se había quedado totalmente ronco, de pronto no le salía la voz.

Willi dirigió una mirada fugaz a Melanie.

—¿Nos estáis tomando el pelo? —Se alejó de ella y se levantó.

—¡No, no es ninguna tomadura de pelo! —dijo Frida, indignada—. Podéis ir a verlo vosotros mismos si no nos creéis. Quieren allanar todo esto.

A Steve se le cayeron las cartas de las manos. Una de ellas aterrizó dentro de su vaso.

—Muertos y enterrados —musitó, y se apresuró a secar la carta en su sudadera.

—¡Pero no tiene sentido! —exclamó Torte—. ¿Y, y, y qué pasa entonces con la charca? Ahí dentro hay ranas y sapos y todo tipo de bichos. ¡Tendrían que protegerlo!

Frida negó con la cabeza.

—La charca la van a cubrir, por lo que ha dicho el vigilante. No es una zona protegida ni nada así. Y el bosque tampoco. No parece que tenga ningún valor especial, o al menos no tanto como una chatarrería.

Los Pigmeos se miraron perplejos.

—¡Torte! —Fred chascó los dedos—. Corre a la chatarrería y averigua qué pasa. Las damas —dijo mirando una por una a las Gallinas— se quedarán haciéndonos compañía hasta que vuelvas. No se moverán de aquí hasta que no sepamos si se están burlando de nosotros.

Torte asintió, se levantó de un salto y se dirigió hacia la escalera. En cuestión de segundos había desaparecido. El silencio continuaba siendo tan absoluto que desde allí

se oían las pisadas de Torte abriéndose camino entre la maleza. Steve volvió a guardar sus cartas con los dedos temblorosos. Willi estaba sentado con la mirada perdida en la oscuridad.

—No creas que puedes retenernos aquí —le espetó Sardine a Fred—. Nos quedamos sólo para que podáis disculparos con nosotras por vuestro estúpido comportamiento.

—Eso —dijo Wilma, dejando la pistola de agua sobre su regazo.

—Eh, dejadlo ya —murmuró Melanie—. No sé cómo reaccionaría yo misma ante una noticia así. ¿Qué haríais vosotras?

La ausencia de Torte pareció durar una auténtica eternidad.

Los Pigmeos y las Gallinas aguardaron su regreso en silencio.

—Ya podemos ir despidiéndonos de la valla —murmuró Wilma en un momento dado, pero nadie respondió.

Al fin oyeron que Torte trepaba por la escalera, jadeando.

—¡El parte! —dijo Fred, y los Pigmeos miraron fijamente al espía con esperanza.

—¡Las Gallinas tenían razón! —exclamó Torte al llegar a la plataforma—. Van a arrasar con todo, el bosque, la charca y nuestra guarida del árbol.

Se volvió con un movimiento brusco dándoles la espalda a todos, se sentó en el borde de la plataforma y rompió a llorar.

—¡No! —murmuró Steve lanzando las cartas sobre la mesa y llevándose las manos a la cara.

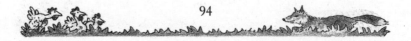

Fred estaba petrificado. Willi se golpeó con el puño la palma de la otra mano sin mirar a nadie en concreto.

—Vamos. —Sardine se levantó y las Gallinas se dirigieron a la escalera en silencio.

Frida se volvió una última vez antes de bajar.

—Lo sentimos mucho —dijo—. De verdad.

En aquel momento Willi estalló.

—¡Todo el trabajo! —protestó—. ¡Todo para nada! —Levantó la caja tan bruscamente que las cartas de Steve y los vasos de papel salieron volando en todas las direcciones. Luego la arrojó a la charca y comenzó a dar patadas como un loco contra las paredes de la cabaña hasta que uno de los tablones se resquebrajó; luego lo arrancó y lo tiró también al vacío. Steve tuvo tiempo de salvar el radiocasete, pero las brochas, los botes vacíos de pintura, todo lo que caía en manos de Willi salía volando hacia la charca y se hundía gorgoteando en el fango.

Las Gallinas estaban junto a la escalera totalmente paralizadas. Los propios Pigmeos no sabían qué hacer para calmar a Willi.

De pronto Melanie se acercó a él.

—¡Ten cuidado, Meli! —le aconsejó Frida, pero Melanie ya había extendido la mano. Agarró a Willi por el brazo y lo sujetó con fuerza.

—Eh, que luego necesitaréis todas esas cosas —dijo con voz entrecortada—. Cuando construyáis vuestro nuevo cuartel, ¿no te parece?

Willi se quedó inmóvil, como si de pronto se hubiera desinflado. Melanie lo cogió del brazo un instante, muy rápido, luego se volvió, se dirigió a la escalera y bajó de la cabaña.

Las demás Gallinas la siguieron sin decir nada. Arri-

ba, en la guarida, volvió a reinar el silencio, un silencio absoluto.

—La verdad es que me da pena por ellos —dijo Wilma mientras avanzaban a tropezones por el oscuro bosque—. No van a conseguir otro cuartel tan bueno para su pandilla. El negro les estaba quedando muy bonito.

—A mi padre le dio un arrebato parecido hace unos días —murmuró Melanie—. Lanzó el tostador por la ventana y el cuecehuevos y la radio. Porque como tenemos que trasladarnos a un piso más pequeño...

—¿Sigue sin trabajo? —preguntó Frida.

Melanie asintió con la cabeza.

—Últimamente todo son desgracias —murmuró Sardine.

Las Gallinas se abrieron paso por entre la espesa vegetación en silencio. Frida le pasó el brazo a Melanie por encima de los hombros.

—A lo mejor Steve adivina con las cartas cuándo se acabarán por fin todos los problemas —dijo Wilma sorbiéndose los mocos, y estornudó en un pañuelo de papel medio roto.

—¿Sabéis qué es lo peor de todo? —dijo Melanie, apartándose el pelo—. Que mi madre dice que me reducirán la paga. Ni siquiera quiere comprarme una crema limpiadora que he leído que es muy buena. Dice que no piensa pagar setenta euros por un tubo de crema. ¿Qué os parece? ¿Acaso es mucho pedir, un tubo de crema, cuando en el piso nuevo ni siquiera voy a tener una habitación para mí? ¡Tendré que compartirla con la tonta de mi hermana mayor!

Sardine y Frida intercambiaron una mirada. Frida apartó el brazo de los hombros de Melanie.

—¿Setenta euros? —preguntó—. ¿Por una crema? ¿Sabes qué te digo, Meli? Que a veces se te va la pelota. En otros sitios algunos niños comerían con eso un año entero.

—¡Venga ya! ¡Ahora no te hagas la santa! —le espetó Melanie—. No estamos en otro sitio. Y a lo mejor ellos no tienen problemas de piel.

Frida ya no quiso entrar en eso.

—Ahí delante están nuestras bicis —se apresuró a decir Wilma—. ¿Nos vamos ya a casa? Lo de la valla podemos hacerlo mañana, ¿no?

—Claro —murmuró Sardine antes de abrir el candado de su bici—. ¿Sabes qué, Meli? —dijo, al tiempo que subía al sillín—. Yo también creo que se te va la pelota. Pero en cuanto a Willi... ahí has estado genial. En serio.

Melanie, abrumada, se montó en su bicicleta.

—¿A qué hora quedamos mañana? —preguntó con nerviosismo.

—¿Qué os parece a la salida del cole? —sugirió Sardine—. Podríamos hacer todas juntas los deberes en la caravana.

—Vale —respondió Melanie. Frida y Wilma también se mostraron de acuerdo.

—Yo tendré que llevar a mi hermano —advirtió Frida mientras recorrían aquella oscura calle—. Mañana me toca cuidarlo a mí.

—¿A cuál de los dos, al pequeño o al mayor? —preguntó Sardine cuando llegaron a la calle principal iluminada por grandes farolas. Allí se separaban sus caminos. Frida y Sardine debían girar a la derecha, y Wilma y Melanie a la izquierda.

—Al pequeño, lógicamente —respondió Frida, esbozando una sonrisa burlona.

—Bueno, menos mal —dijo Wilma con voz nasal—. Como mucho nos llenará los deberes de garabatos. —Le dio un golpecito a Melanie sonriendo son sorna—. ¿O tú preferirías que viniera el mayor?

—¡Eh, gallinas tontas, dejadme en paz de una vez! —gruñó Melanie. Aunque no pudo contener la risa.

Al día siguiente no tuvieron las dos últimas horas de clase porque la señorita Rose estaba tan resfriada, que se quedó afónica del todo. Aun así, los Pigmeos se quedaron castigados porque durante el primer recreo se habían peleado con unos chicos de la otra clase. Habían llegado al colegio de un humor de perros y después de la pelea se presentaron en clase con un aspecto terrible. Las Gallinas se preguntaron si no deberían contarle a la señorita Rose lo de las obras en la chatarrería, pero justo cuando Frida se acercó para hablar con ella, la profesora recogió su mesa —sorbiéndose la nariz sin cesar— para cederle su sitio al señor Eisbrenner, y a él era mejor no contarle absolutamente nada de nada.

Trude regaló a los chicos dos tabletas de chocolate para intentar levantarles el ánimo, y Melanie le dio a Willi uno de sus pañuelos de flores porque le sangraba la nariz. Luego fue con Sardine a la chatarrería, donde consiguieron postes de madera y malla metálica a un precio tan bajo que con lo que habían reunido les alcanzó para comprar, además, tres bolsas de patatas fritas y dos botellas de

cola de litro. Frida se había quedado en el colegio colgando unos carteles para una colecta de donativos. Wilma se había ido a casa porque su madre no le había dado permiso para hacer los deberes con las demás y Trude... bueno, Trude quiso aprovechar aquel hueco para escaparse a comer con Paolo.

Cuando Melanie y Sardine aparcaron las bicis cargadas hasta arriba junto al cercado, Trude se asomó por encima del seto. Había preparado té y había encendido el radiador de la caravana. El día era gélido, pero lucía el sol y la caravana azul parecía más bonita aún que el día anterior.

—¡Qué acogedor! —suspiró Melanie cuando estuvo dentro. El sol entraba por la ventana y un polvo muy fino danzaba en los rayos como polvo de plata—. ¿Podemos tomarnos un té antes de ponernos otra vez a trabajar?

—No —respondió Sardine—. Primero el trabajo y luego el placer. Pon el té en el calientaplatos, Trude.

Estaban arrastrando entre las tres el rollo de tela metálica hasta el cobertizo cuando llegaron Wilma y Frida, sin su hermano pequeño.

—¡Le he cambiado el turno a Titus! —exclamó desde el otro lado de la explanada—. Hoy lo cuida él y a cambio yo lo llevo un rato mañana por la tarde al desfile.

—¿Mañana por la tarde? —exclamó Sardine asustada—. ¡Pero si mañana vamos a secuestrar a las gallinas!

—Ah, pero a esa hora el desfile ya habrá acabado —respondió Frida, y dejó en la hierba, a los pies de Sardine, una caja de herramientas—. Con Luki aquí hoy nos habríamos vuelto turulatas, os lo aseguro. No habríamos clavado ni un solo poste sin que berreara: «¡Yo quiero!» Si es que hasta duerme con su martillo de plástico, y si lle-

ga a ver éste —dijo sacando un pesado martillo de albañil de la caja—, no nos lo habríamos quitado de encima en toda la tarde.

—Bueno, ya está.

Entre todas desenrollaron la tela metálica y colocaron cada uno de los postes de madera en el sitio donde pensaban clavarlos.

—¿Crees que el corral será suficientemente grande? —preguntó Frida cuando acabaron—. Es mucho más pequeño que el de tu abuela.

—No pasa nada. Un momento. —Sardine clavó el primer poste—. Ayer vi unas águilas ratoneras sobrevolando el bosque, o sea que mejor cubrimos el corral con redes, y piensa que no son tan grandes. Intentaré robar algunas del huerto de A.S.

—¿Es que no pensáis darme las gracias por las dos horas libres de hoy? —preguntó Wilma mientras colocaban un poste tras otro.

—¿Por qué? ¡Ay! —Melanie se examinó con preocupación su uña pintada de negro—. ¡Me he roto una uña!

—No te preocupes, ya se te romperán más —se burló Sardine, y le pasó a Wilma el relevo del martillo. Melanie le hizo una mueca.

—¡Sí, deberíais darme las gracias por las dos horas sin clase! —Wilma golpeó el poste con el martillo con tanta fuerza que Trude se volvió, asustada—. He tirado un montón de pañuelos usados en la papelera que hay debajo de la mesa de la señorita Rose. Así los bacilos han podido trepar tan campantes hasta la nariz de la profe.

—¿En serio? —Sardine sonrió con sorna—. ¿Tú te imaginabas a Wilma haciendo algo así, Meli?

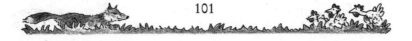

—Ni mucho menos —respondió Melanie, sacándose una astilla del dedo—. Con lo buena chica que parece...

—Su signo del zodíaco es géminis —apuntó Trude—. Y los géminis siempre tienen dos caras. Por eso es tan buena espía. Yo soy libra y ni siquiera soy capaz de poder mentir.

—Ah, ¿no? —Wilma la miró con mucho interés—. Entonces cuéntanos qué es lo que hay entre tu primo y tú.

Trude se ruborizó.

—Deja eso, Wilma —intervino Sardine—. Puedes espiar a los Pigmeos, pero no a nosotras, ¿vale?

—Vale, vale, de acuerdo. —Wilma sonrió abochornada—. Da igual. Eso de los pañuelos de todas formas era una venganza por los agobios que paso por culpa del colegio. ¿Sabéis que mi madre ni siquiera quería dejarme venir a las reuniones de la pandilla para que tuviera más tiempo para hacer los deberes?

—Sí, qué pasada —murmuró Melanie—. ¿Y cómo la has convencido?

Wilma se encogió de hombros.

—Le he dicho que tú eres un genio en mates y que Sardine es la reina en clase de lengua, y que cuando estamos juntas nos pasamos casi todo el rato estudiando. —Con un suspiro dejó caer el pesado martillo al suelo—. Pero desde que encontró nuestro libro secreto ya no me cree.

Tardaron casi dos horas en acabar el cercado del corral. Sardine clavó a las paredes del cobertizo el principio y el final de la tela metálica con estacas de madera. De pronto se agachó y observó que había algo en la hierba.

—Mierda —dijo—. Son cacas de zorro. Me lo imaginaba. —Miró con gesto de preocupación hacia el bosque, que empezaba a diez pasos escasos del cobertizo—. Espe-

ro que no rescatemos a las gallinas del hacha de mi abuela para que luego venga un zorro y se las zampe a la primera de cambio. —Se volvió a incorporar entre suspiros—. Por las noches tendremos que dejarlas siempre en el cobertizo. Yo me encargaré de traer un candado para la puerta.

Pensativas, recogieron las herramientas y regresaron a la caravana. El cielo se había encapotado. El sol quedaba cada vez más oculto tras los nubarrones. A Trude le cayó una gota de lluvia en la nariz.

En la caravana se estaba de maravilla. Melanie había llevado su radiocasete para poner música, se tomaron el té, que se había mantenido calentito, picaron unas patatas fritas y sacaron los deberes.

—¡Todavía no me creo que tengamos un cuartel tan acogedor...! —suspiró Frida cuando recogieron las cosas del cole—. Sin mayores y sin hermanos que nos molesten...

—Cierto. —Melanie comenzó a toquetearse la tirita con forma de corazón—. Y con todo el sitio del mundo para colgar pósters...

—¡Ah, no! —exclamó Sardine—. ¡Nada de pósters! Éste es el cuartel de la pandilla de las Gallinas Locas; no el de un club de fans de niñas tontas.

Melanie apretó los labios. La barbilla le temblaba de forma sospechosa.

—¿Sabéis una cosa? ¡Que ya estoy hasta las narices! —exclamó—. Mi hermana dice que en el piso nuevo ya puedo ir colgando mis pósters en el baño, porque no los quiere en la habitación, y ahora vosotras me venís con el mismo rollo.

Trude se puso nerviosa y se llevó la mano a sus nuevos pendientes de aro.

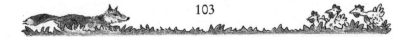

—Podríamos repartirnos el espacio y que cada una de nosotras se encargara de una zona de la caravana. Por ejemplo: Frida de la cocina, sin contar lo de fregar los platos y eso, por supuesto; Sardine del rincón del colchón, yo de la mesa de aquí, Wilma de la pared de enfrente y...

—... y yo de la letrina de fuera —gruñó Melanie.

Las demás se rieron.

—Si quieres puedes encargarte tú de la cocina —ofreció Frida.

—No, gracias, quédatela tú. —Melanie miró a su alrededor—. ¿Qué os parece si yo me encargo de la puerta y las ventanas?

Sardine resopló, pero las demás se mostraron de acuerdo.

Fuera había anochecido. La lluvia repiqueteaba cada vez más fuerte sobre el techo de la caravana, y Trude encendió unas cuantas velas.

—Estoy nerviosísima por lo de mañana por la noche —confesó Frida—. ¿Vosotras también?

Las demás asintieron en silencio. Durante unos instantes se quedaron contemplando el anochecer.

—Lo conseguiremos —dijo Sardine—. Será lo mejor que las Gallinas Locas hayamos hecho jamás.

—Es verdad. —Wilma se estiró y bostezó—. Ah, por cierto, Sardine, ¿cómo va lo de tu madre? ¿Sigue empeñada en que os trasladéis a Estados Unidos?

Sardine se recostó dando un hondo suspiro.

—Todas las mañanas me habla en inglés durante el desayuno. Eso sí que me pone de los nervios.

Wilma se apoyó en la mesa.

—Se me ha ocurrido una idea. Podríamos poner un

anuncio para tu madre en los contactos. Atractiva taxista busca al hombre de su vida, o algo así.

Trude soltó una risita.

Sardine miró a Wilma perpleja.

—Pero ¿tú de qué vas?

—Pues a mí no me parece tan mala idea —intervino Melanie, sirviéndose refresco en la taza de té vacía—. Tu madre casi no tiene tiempo para buscarse un novio. Lo mejor sería no poner nada de ti en el anuncio. Cuando hay niños de por medio, los hombres se echan atrás. —Cerró los ojos—. Un momento, a ver qué tal: «¿Quién me consuela en los momentos de soledad? Mujer joven y atractiva busca unos brazos fuertes en los que refugiarse.»

—¡Melanie! —exclamó Wilma con la boca abierta—. Qué fuerte. Hablas como si lo hubieras hecho ya miles de veces.

—Es que a lo mejor lo ha hecho —se burló Frida.

Sardine se llevó las manos a la cara resoplando.

—¿De verdad creéis que se puede poner «joven» en el anuncio? —preguntó Trude—. La madre de Sardine ya tiene treinta y nueve años.

—¿Sabéis qué escribiría Sardine? —Frida cambió la voz—: «Hija busca hombre para madre con el corazón roto que, por desgracia, en estos momentos no puede responder de sus propios actos. Horario de visita: un domingo al mes. Interesados dirigirse a la hija. Sólo propietarios de perro, vegetarianos y no fumadores; el resto no se molesten en llamar.»

—¡Exacto! —Melanie se resbaló de la banqueta de tanto reír—. ¡Sardine pondría exactamente eso!

Wilma sufrió un terrible ataque de tos.

—Parad ya de decir chorradas, ¿vale? —gruñó Sardine—. Mañana tenemos una peligrosa misión de pandilla y vosotras pensando en anuncios de contactos.

—Peligrosa, ¿por qué? —preguntó Trude. Miró a Sardine con gesto de preocupación.

—Bueno, al fin y al cabo mi abuela tiene dos muletas —respondió Sardine—. Con eso te aseguro que es capaz de liarse a porrazos con unos ladrones de gallinas, aunque, por otra parte —dirigió una sonrisa maligna a Trude—, no es que pueda caminar muy rápido que digamos.

Aquello no pareció tranquilizar mucho a Trude.

—Yo lo he estado pensando —dijo Frida—. ¿Os parece correcto robarle las gallinas así, sin más? ¿No deberíamos pagarle algo a tu abuela para compensarla? De forma anónima, me refiero, en un sobre o así.

—Eso —afirmó Wilma con firmeza—. Así no exigirá que nos arresten si encuentran aquí a las gallinas.

—¿Arrestarnos por unas cuantas gallinas viejas? —Sardine puso cara de escepticismo—. ¿Y si le dejarais a mi abuela quince gallinas congeladas en el gallinero? Así hasta le ahorraríais trabajo. Pero entonces pesarían sobre vuestras conciencias quince gallinas desconocidas. ¡No! —Negó enérgicamente con la cabeza—. Robin Hood tampoco pagaba compensaciones.

—¡Robin Hood! —Melanie entornó los ojos—. Eh, vuelve a la tierra. Sólo vamos a rescatar a unas cuantas gallinas.

—Vale, vale, está bien. —Sardine se levantó y se lanzó sobre el inmenso colchón—. Podemos hacer una votación para decidir lo de la compensación.

—¿Secreta o abierta? —preguntó Wilma—. ¡Qué rabia que me haya olvidado el libro de protocolo!

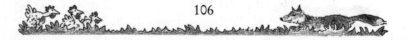

—¡Una votación! —protestó Melanie—. ¡Esto ya parece el colegio! Fred no celebra votaciones.

—Porque es un cochino dictador —aseveró Sardine.

—La que esté a favor de la compensación que levante la mano. —Frida sirvió té recién hecho y dejó la tetera sobre la mesa.

—¿No podemos beber alguna vez vino caliente o algo así? —murmuró Melanie—. ¡Los chicos al menos tienen café!

—Habrá vino caliente cuando tengamos algo que celebrar —replicó Sardine—. Por ahora las gallinas siguen en el corral de mi abuela, así que nada. ¿Quién quiere recompensar con su mísera paga a la asesina de gallinas?

—¡Eh, eso no vale! —Frida le dio un empujón, molesta—. No vale manipular a los votantes.

—¡Vale! —Sardine suspiró—. Otra vez: ¿Quién-quiere-recompensar-a la abuela Slättberg-por el robo de las gallinas?

Frida y Trude levantaron la mano. Wilma titubeó, pero al final se unió a ellas.

—Así seguro que es menos peligroso —murmuró, dirigiendo a Sardine una tímida sonrisa.

—¡Pues yo no pienso poner dinero! —soltó Melanie—. Ni hablar. ¿Qué obtendremos nosotras de las gallinas? Nada: sólo trabajo y caca de gallina. No queremos llevárnolas para obtener un beneficio, sino porque ella va a matarlas por pura tacañería. Yo no pongo ni un céntimo por eso. Además necesito mi paga, que ya es bastante birria.

—Nosotras reuniremos el dinero solas, ¿a que sí? —dijo Frida mirando a Trude y a Wilma. Ninguna de las dos parecía muy entusiasmada con la idea, pero asintieron con la cabeza.

—Mañana seremos auténticas ladronas —musitó Trude. Luego soltó una risita nerviosa.

—¡Qué va! —intervino Melanie—. Rescatadoras de gallinas, eso es lo que seremos. —Alzó su taza—. ¡Por la liberación de nuestras inocentes hermanas que, por desgracia, están ya un poquillo duras! Y os digo una cosa: ¡es un disparate brindar con té!

Todas rieron y entrechocaron sus tazas tan fuerte que a la de Wilma se le rompió el asa.

—¡No pasa nada! —dijo Frida mientras limpiaba con pañuelos de papel el té que se había derramado—. ¡Romper la copa trae buena suerte! Ahora ya sabemos que mañana todo saldrá bien. Por Trude. Por conseguirnos un cuartel tan fantástico para la pandilla. —Las tazas volvieron a tintinear. Y en esa ocasión, todas acabaron enteras.

Trude estaba tan feliz que se le subieron los colores, pero a la luz de las velas no se notó.

—Uf, ahora mismo acabo de acordarme de los chicos —dijo Melanie—. No creo que los pobres estén para muchas celebraciones.

Al día siguiente estaba tan nublado y tan gris que eran las nueve y todavía no entraba luz en la habitación de Sardine. «¡Niebla! —pensó, levantándose de la cama de un salto—. ¡Perfecto! El tiempo ideal para secuestrar gallinas.» Aunque, por otro lado, si la niebla era demasiado espesa, los Pigmeos podían perderse en el jardín de la abuela Slättberg... Uf, qué horror. Sardine recorrió a tientas el oscuro pasillo hasta la cocina, encendió la luz y preparó el desayuno. «Ni el mismísimo Robin Hood lo haría tan bien como nosotras —pensó mientras ponía la cafetera en el fuego—. Como ahora entre alguien a robar, me caigo de culo del susto.» Así que, mientras freía los huevos y la panceta, intentó centrar todas sus energías en imaginarse a las gallinas escarbando en su nuevo corral. Aquel pensamiento le sirvió para deshacer un poco el nudo que tenía en el estómago. Cuando Sardine entró en la habitación con la bandeja repleta de cosas, su madre se acababa de despertar.

—¡Pero bueno! —exclamó, asomando la cabeza por encima del edredón—. El desayuno. Pensaba que hoy me tocaba a mí.

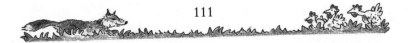

—Y te tocaba a ti —dijo Sardine—. Hazme sitio. —Dejó la bandeja sobre la barriga de su madre y se acurrucó con ella al calorcito del edredón.

Sardine estaba segura de que nadie en el mundo entero había comenzado el día del sábado mejor que ellas. Se relamieron durante horas comiendo huevos fritos con tostadas, bebieron zumo de naranja y café, vieron desde la cama una película antigua y se desentendieron por completo de los nubarrones grises del cielo.

Pero llegó un momento en el que, cómo no, llamó la abuela Slättberg y preguntó dónde se había metido Sardine.

—Ahora mismo va para allá —respondió la madre, colgó dando un sonoro golpe y se dio cuenta de que se le había ido el santo al cielo—. ¡Oh, no! —exclamó—. ¡Empiezo el turno dentro de media hora! —Se puso tan nerviosa como una gallina y se pasó un cuarto de hora buscando las llaves del coche hasta que al final Sardine las encontró en el cesto de la ropa sucia, en el bolsillo de unos pantalones. Por suerte su madre la llevó a casa de A.S. en el taxi. Y, aunque por el camino fue escuchando una de sus cintas para aprender inglés, no había mencionado lo de Estados Unidos ni una vez en toda la mañana.

—Mami —dijo Sardine antes de cerrar la puerta del coche—, esta noche vienen a casa todas las Gallinas. Queremos ver una peli. Tú tienes turno de noche, ¿no?

—Sí, qué pena. —Su madre suspiró—. Organizaos y poneos cómodas. Creo que todavía queda chocolate. Pero no os comáis los bombones que me reservo para los malos momentos.

Sardine se despidió de su madre con la mano hasta que el coche desapareció tras la esquina. En ese momento la

abuela Slättberg salió del corral cojeando. Por lo visto ya sólo necesitaba una muleta. Pero la cuestión era que seguía caminando bastante despacio.

—Ni un solo día en toda mi vida me he levantado más tarde de las seis y media —dijo cuando vio entrar a Sardine en el jardín.

—Qué pesada —murmuró Sardine y miró disimuladamente hacia el gallinero. Para trazar el camino más corto desde allí hasta la verja del jardín había que rodear el depósito de agua de lluvia. Sin embargo, si hacían ese recorrido, pasarían peligrosamente cerca de la ventana del dormitorio.

—Vamos —dijo la abuela Slättberg, llevándose a Sardine consigo—. Tienes que ayudarme a limpiar el congelador del sótano. Tengo que tirar algunas cosas para que quepan las gallinas.

Sardine dejó caer los brazos indignada.

—A eso no pienso ayudarte. Hazlo tú sola, si quieres.

—¿Cómo has dicho? —La abuela Slättberg se volvió y miró fijamente a Sardine. Era capaz de mantener la vista tan fija como una gallina. Sardine le sostuvo la mirada con gesto desafiante.

—Yo seguiré arrancando las malas hierbas de los bancales —murmuró—. Pero antes ¡voy a dar los buenos días a las gallinas!

Sin decir una palabra más pasó junto a su abuela y se marchó.

—¿Por qué llevas esa mochila? —preguntó A. S. tras ella.

No se le escapaba nada, ni un solo detalle. Pero Sardine lo tenía todo previsto.

—¡Quiero llevarme un poco de paja para el conejo de

Indias de Wilma! —exclamó sin volver la vista atrás—. Si quieres te la pago. Hasta la última brizna.

—¡No seas impertinente! —le advirtió la abuela Slättberg, pero para entonces Sardine ya había entrado en el corral.

Cuando cerró la puerta del corral, el corazón le latía tan fuerte que hasta le dolía el pecho. Tres de las gallinas levantaron la cabeza, desconcertadas. *Dafne* se acercó con sus torpes andares a Sardine, cacareó muy bajito y le tiró de los pantalones. Sardine se sentó sobre la paja y le acarició el suave plumaje del pecho. La gallina comenzó a picotearle los dedos con interés.

—Ya es esta noche, *Dafne* —musitó Sardine—. Cuéntaselo a las demás. Y diles que no armen jaleo.

Dafne se alejó de nuevo tambaleándose y manifestó con un cacareo su decepción al comprobar que los dedos de Sardine no ocultaban nada comestible. Sardine se incorporó con un suspiro, levantó la tapadera del cubo de pienso —un gesto que por supuesto volvió a suscitar el interés de las gallinas— y llenó dos bolsas de plástico con aquellos enormes granos. Con eso bastaría para una semana, si las alimentaban también con restos de pan y lechuga. Ahora sólo le faltaba coger la red de la caseta de las herramientas. Justo cuando Sardine asomó la cabeza para deslizarse sigilosamente hasta la caseta, una furgoneta de reparto se detuvo delante de la puerta.

La abuela Slättberg salió disparada, como si hubiera estado esperando, y echó a andar hacia la verja cojeando a toda prisa. Parecía nerviosa. Sardine contuvo la risa. A lo mejor le traían uno de esos extraños catálogos que su abuela hojeaba durante horas, donde anunciaban calcetines con calefacción y fundas para el mando a distancia de la tele. ¿O quizás era una de las revistas de cotilleos? Pero ¿desde cuándo se las llevaba a casa un mensajero?

El paquete que el hombre sacó de la furgoneta no era tan grande. Con gesto aburrido le entregó un papel a la abuela de Sardine por la verja. Ella lo firmó, cogió el paquete de las manos del mensajero y volvió con él cojeando hacia la casa.

En un primer momento Sardine quiso seguirla, pero luego se acordó de las redes. En el preciso instante en que acababa de embutir las dos inmensas redes y el pienso en la mochila, su abuela la llamó. Sardine se pegó tal susto que estuvo a punto de tirar el pienso al suelo. Rápidamente cerró la mochila, la colgó de la verja para no olvidársela luego y entró en casa con la azada en la mano.

—Quiero que me leas esto —ordenó la abuela Slättberg, entregándole una hoja de instrucciones impresa en letra diminuta—. No encuentro mis gafas. —Eso no era ninguna novedad.

Sardine cogió las instrucciones y por poco se desmaya del susto.

Su abuela había abierto el paquete: sobre la mesa de la cocina, junto a la caja de cartón, había una pistola. Una pistola de verdad.

La abuela Slättberg comenzó a golpear impaciente el suelo de madera con la muleta.

—Venga, léelo de una vez.

—Es que..., esto... Es que no veo —tartamudeó Sardine, y dejó la hoja de papel sobre la mesa—. La letra es muy pequeña.

La pistola parecía totalmente real. Era auténtica.

—Muy pequeña. ¡Santo cielo! —La abuela Slättberg cogió la pistola con la mano y se quedó mirándola—. Le

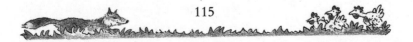

diré a tu madre que te lleve al oculista. ¡Doce años y ya tienes problemas en la vista! A lo mejor así me escucha de una vez por todas si le digo que la tele no es para tenerla en la habitación.

—Pero, pero, pero ¿de dónde has sacado eso? —balbució Sardine—. Quiero decir que...

—Lo he pedido por catálogo —respondió la abuela Slättberg apuntando con la pistola al reloj de la cocina.

—Pero ¿cómo pueden vender una cosa así por catálogo? —Sardine tragó saliva—. Yo lo prohibiría.

—¿Por qué? —Su abuela frunció el ceño—. ¿Cómo quieres que se defienda la gente de los ladrones? ¿Eh? No, a mí no me vuelve a robar nadie.

—Pero si a ti nunca te han robado nada —objetó Sardine, sin apartar la vista de la pistola—. Jamás, ni una mísera col de Bruselas. Además, no puedes dispararles así sin más.

—¿A quién? —preguntó la abuela Slättberg. Apuntó con la pistola hacia la puerta de la casa. Parecía un viejo pirata con la muleta bajo el brazo.

—¡Pues a los ladrones! —soltó Sardine, apartándose de la línea de tiro—. No se les puede disparar sólo porque entren a robar. Entre robar y matar, hay, hay, ¡hay una diferencia muy grande!

—¿Eso crees? —Su abuela bajó el arma y volvió a meterla en la caja.

—Sí, lo creo —murmuró Sardine mientras su cabeza daba vueltas a toda velocidad intentando decidir qué hacer.

¿Debía contarles a los demás lo de la pistola? Pero entonces se negarían en redondo a ayudarla. ¡Y ella sola no podía llevarse de allí a todas las gallinas! ¿Y si le pedía

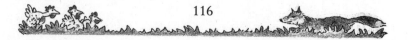

ayuda a su madre? No. Era verdad que su madre siempre discutía con la abuela Slättberg, pero aun así... Las gallinas no le gustaban especialmente. «Robaré la munición —pensó Sardine—. Claro, ésa es la solución.» Respiró aliviada.

Pero encima de la mesa no había ni rastro de balas.

—Abuela... —Sardine trató de emplear un tono de voz muy inocente—. ¿Dónde está la munición? ¿Puedo verla un momentito?

—Sí, hombre, lo que me faltaba —respondió la abuela Slättberg—. No, ni hablar. La he guardado en un lugar seguro. ¡Oye, que esto no es ningún juguete! Y ahora a trabajar, que si no, cuando empieces, ya será de noche. Yo voy a ver si encuentro mis gafas.

Las gafas.

Sardine sabía dónde estaban las gafas: encima de la mesita del teléfono. Sardine se deslizó de puntillas hasta allí. Sin gafas A.S. no podría leer las instrucciones.

—Bueno, pues que haya suerte —dijo Sardine mientras se inclinaba sobre la mesita y palpaba con los dedos en busca de las gafas.

—Vale, vale. —La abuela Slättberg buscaba por toda la cocina con los ojos entornados.

Sardine se metió rápidamente las gafas en el bolsillo del abrigo, cogió la azada y salió de casa. «Busca, busca, que hoy te vas a quedar sin gafas», pensó mientras las escondía debajo de una maceta vacía que encontró detrás del depósito de agua. Después, ya mucho más tranquila, se puso a trabajar. Arrancó las malas hierbas de los bancales, comprobó si el abono se había mantenido húmedo, llenó la inmensa regadera con agua de lluvia del depósito y descubrió un ratón que había robado unos granos del

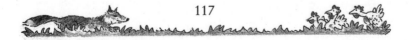

pienso de las gallinas y los estaba trasladando a su ratonera. Poco antes de que comenzara a oscurecer, Sardine llevó todas las herramientas de jardín al cobertizo, se lavó las manos en el depósito y entró en casa de la abuela a despedirse. La niebla era cada vez más espesa. Estaba suspendida en el aire frío y tenía un color blanco que recordaba al humo de una chimenea. Sardine no tenía claro si aquello era una ventaja o un inconveniente para sus planes.

—¡Me voy! —exclamó asomándose a la cocina.

La abuela Slättberg estaba sentada a la mesa leyendo las instrucciones de uso de la pistola con una enorme lupa. A Sardine le dio un vuelco el corazón.

—No encuentro las gafas por ninguna parte —murmuró la abuela sin levantar la cabeza—. Pero así también me las apaño. De todas formas, esto no tiene ningún secreto.

—Ah, ¿no? —murmuró Sardine.

—Qué va, es muy fácil. —Alzó la vista y la miró—. Cielo santo. Pero si estás más pálida que la más blanca de todas las gallinas. En cuanto llegues a casa métete en la cama. Te estás poniendo enferma. ¿Quieres que te prepare un vaso de leche con miel?

Sardine negó con la cabeza.

—Bueno, pues nada. —Su abuela se volvió de nuevo hacia las instrucciones del arma—. Pero esta noche no podré ver la tele —murmuró— y eso sí que me da rabia.

—¿No verás la tele? —preguntó Sardine con un hilo de voz. Encima eso.

—Claro que no —respondió bruscamente la abuela Slättberg—. Qué quieres que haga, sin gafas más vale que escuche un buen serial en la radio.

—Eh, espera, ¡creo que fuera he visto algo! —exclamó Sardine, que salió disparada hacia el depósito de agua. A

toda prisa le dio la vuelta al tiesto vacío y volvió a entrar en la casa con las gafas—. Aquí están —dijo poniéndolas sobre la mesa de la cocina—. Estaban al lado del depósito. Se te debieron de caer del delantal.

La abuela la examinó de arriba abajo entrecerrando los pequeños ojos, como una gallina.

—Se me debieron de caer. Ya, ya. Hay que ver lo rara que estás hoy. —Se puso las gafas sacudiendo la cabeza—. Más rara de lo normal, que ya es decir. Pero yo ya me lo temía. Te estás poniendo enferma. Tienes que acostarte. Yo llamaré a tu madre. Será mejor que hoy no trabaje hasta muy tarde y se vaya a casa a cuidarte.

—¿Cómo? ¡No, no! —exclamó Sardine—. Si estoy bien, de verdad. Tengo que irme.

Salió como un cohete hacia el jardín, se puso al hombro la mochila llena hasta los topes y se montó en la bici. Tenía que darse prisa si quería llevar las redes y el pienso a la caravana antes de que cayera la noche. «No puedo contárselo a los demás —iba pensando para sus adentros por el camino mientras la engullía la niebla y el cielo se tornaba cada vez más y más oscuro—. Es que no se lo puedo contar. Si no me ayudan, las gallinas morirán.»

Sin embargo, todo aquello hacía que se sintiera como una vil traidora.

Los sábados a las ocho y cuarto ponían en la tele la serie favorita de la abuela Slättberg. Antes siempre veía las noticias, porque así podía despotricar contra el mundo y afirmar una vez más que en otros tiempos las cosas iban mucho mejor.

«En el mundo las cosas nunca han ido bien», contestaba su madre cuando la abuela Slättberg elogiaba los viejos tiempos. El tema les daba para horas y horas de discusión. En fin...

Melanie y Wilma estaban esperando cuando Sardine llegó a todo correr y casi sin aliento. Se había quedado dormida en casa viendo la tele, pero eso, por supuesto, no se lo confesó a las otras. Y del paquete de la abuela Slättberg, tampoco dijo ni pío.

—¿Todo bien? —preguntó Melanie, que escupió un chicle y se llevó otro a la boca—. ¿No se le habrá estropeado la tele a tu abuela? —Melanie tenía la costumbre de comer chicle siempre que estaba nerviosa. Con los trabajos de clase, a veces se comía hasta dos paquetes enteros.

—No, todo controlado —dijo Sardine sin mirarla a la cara. Mentir no se le daba nada bien, y no digamos ya si tenía que mirar a la otra persona a la cara.

—¡Estoy histérica! —gimió Wilma—. Siento como arcadas. Hemos pasado junto a un coche de policía y me he puesto tan nerviosa que casi me estampo contra el parachoques.

—¡Es verdad! —Melanie soltó una carcajada—. Wilma ya se ve en la cárcel. Cadena perpetua por el rapto de unas gallinas con nocturnidad.

—No te rías de mí —dijo Wilma, sorbiéndose los mocos—. Como mi madre se entere de lo que nos traemos entre manos, te juro que me castiga a cadena perpetua en mi habitación y me deja sin tele para siempre jamás. —Se sonó con gesto de indignación.

Trude dobló la esquina de la calle. Cuando subió la bicicleta a la acera para ponerla junto a las demás, miró a su alrededor muy nerviosa.

—Hola —musitó—. Casi no se os ve entre los abetos.

Ya no había tanta niebla pero, por suerte, en la calle de la abuela Slättberg la iluminación era escasa. Además, las Gallinas iban vestidas con ropa oscura, tal y como habían acordado, de modo que desde lejos sólo se veían las luces traseras de las bicis.

—¿Podemos utilizar las linternas? —preguntó Trude encendiendo la suya.

—Mejor no —susurró Sardine—. Las linternas en medio de la oscuridad pueden levantar sospechas.

Trude la apagó rápidamente.

—Eh, Trude. —Wilma se inclinó hacia delante y la miró a la cara con gesto de preocupación—. ¿Qué te ha pasado? Tienes cara de haber llorado.

122

—Uf. —Trude sacudió la cabeza y se acarició el pelo corto con la mano—. Hoy me ha tocado pasar el día con mi padre. No os podéis imaginar todo lo que he tenido que aguantar por el corte de pelo.

Cuatro bicicletas aparecieron por la esquina de la estrecha callejuela.

—¡Ahí están! —exclamó Steve, que estuvo a punto de chocar con la rueda trasera de la bici de Melanie.

—¡Parecéis una banda de matonas! —se burló Torte—. Como si fuerais a poner una bomba o algo así.

—¿Por qué no gritáis un poco más alto? —protestó Sardine al tiempo que Fred empujaba la bici y la situaba junto a la suya.

—Eh, tranquila. —Willi se colocó al lado de Melanie—. Pero si tu abuela tiene un pie en la tumba. Habría de tener un oído de murciélago para oírnos desde allí.

—¡Mi abuela será lo que sea, pero no tiene ningún pie en la tumba! —replicó Sardine, procurando hablar bajito—. Ahora anda con una muleta, pero seguro que aun así camina más rápido que Steve con esa tripa.

—¡Oye, que mi barriga no te ha hecho nada! —le espetó Steve, ofendido.

Sardine no le hizo ni caso.

—Las cajas no son muy grandes que digamos —sentenció, observando el portapaquetes de Fred—. ¿Os habéis acordado de la lechuga?

—Que sí... —respondió Fred irritado.

Torte buscó a su alrededor con la mirada.

—¿Dónde está Frida? ¿Con su grupito de niños buenos?

—¡Ha quedado con otro chico! —le susurró Melanie. Torte la fulminó con la mirada.

—¡Es verdad! —Wilma soltó una risita—. Ha ido con su hermano pequeño al desfile.

—Pero seguro que está a punto de llegar —musitó Sardine—. Trude, enciende un momentito la linterna. Sincronicemos los relojes.

—Yo tengo las ocho y seis —dijo Willi—. El mío segurísimo que va perfecto.

—A las ocho y cuarto —susurró Sardine mientras Melanie y Steve retrasaban sus relojes—, nos colaremos en el jardín. Pero antes tengo que darle aceite a la verja porque os aseguro que la de mi abuela chirría mucho más de lo normal. Hoy no me ha dado tiempo a hacerlo.

—¡A las ocho y cuarto! —protestó Torte—. Así que nos va tocar estar aquí plantados todo este rato. Y encima con este frío.

—Pues qué quieres que te diga, yo no tengo ninguna prisa por colarme en casa de A. S. —dijo Melanie, y comenzó a atarse el pañuelo alrededor de la cabeza.

—Espera, que te ayudo —murmuró Willi, introduciéndole un mechón de pelo suelto debajo del pañuelo.

Sardine y Wilma se aplicaron el maquillaje negro la una a la otra mientras Trude sujetaba la linterna. Wilma se había encargado de conseguir maquillaje del que se utiliza en teatro después de comprobar lo mal que olía el betún negro.

Los Pigmeos se cubrieron la cabeza con unas medias negras.

—Bueno, ¿cómo estamos? —preguntó Fred.

—Pero ¿es que os habéis vuelto locos? —Sardine se quedó atónita al verlos a los cuatro—. ¿Qué queréis, que mi abuela sufra un ataque al corazón?

—Eh, a ver si te crees que vosotras estáis mucho más guapas —respondió Fred, mosqueado.

—Tiene razón, Sardine. —Entre risitas, Melanie le quitó las gafas a Trude y le pintó la cara de negro—. Vosotras no tenéis mejor pinta que ellos.

—¡Cuidado! —Wilma tiró de Melanie y de Trude y las arrastró entre los abetos—. Un señor con un perro a la vista.

Un hombre gordo con un pastor alemán dobló la esquina de la calle. Caminaba por la acera de enfrente, pero volvía la vista hacia ellos una y otra vez con gesto desconfiado.

—Vaya, es Feistkorn, el vecino de mi abuela —exclamó Sardine, horrorizada—. Como nos vea con la cara pintada de negro...

—¡Fuera máscaras! —susurró Fred. Rápidamente los Pigmeos se quitaron las medias de la cabeza—. Y ahora, para disimular las caras negras, la táctica de las parejitas de enamorados. Rápido.

Fred abrazó a Sardine, la estrechó contra sí hasta tenerla muy cerca y esbozó una sonrisa burlona ante su cara pintada.

—Esta noche estás preciosa —le susurró al oído—. ¡Increíblemente preciosa!

—¡Para ya! —musitó Sardine, que vigilaba por encima del hombro de Fred.

En ese momento el vecino de la abuela pasaba justo por delante de ellos y los miró intrigado. Melanie escondió la cabeza en el hombro de Willi; Trude, entre risitas, hundió la cara negra bajo la barbilla de Steve, y Wilma se abrazó a Torte.

—Como me reconozca —le susurró Sardine a Fred al oído—, estamos perdidos.

—¿Cómo va a reconocerte con un kilo de maquillaje

125

negro en la cara? —le respondió Fred también entre susurros.

Feistkorn se había detenido al otro lado de la calle; llevaba al perro atado con una correa muy corta.

—¿Vivís por aquí? —preguntó desde la acera de enfrente—. ¡Eh, vosotros, los de ahí!

—Mierda —murmuró Willi—. En las películas el numerito de las parejas siempre funciona.

En aquel momento Torte se dio la vuelta.

—¡Vaya! ¡Menos mal! —exclamó con voz estridente—. Alguien de por aquí. ¿Podría indicarnos dónde se celebra la fiesta de tiro? Nuestras chicas se están congelando. Llevamos horas dando vueltas por este desierto, y por desgracia ¡hemos mandado a nuestro chófer a casa!

Sardine resopló muy bajito.

Feistkorn puso cara de bulldog rabioso.

—Venga, ¡largo de ahí! —gruñó mientras tiraba de la correa del perro—. Y si no ya veremos si a la policía le tomáis el pelo como a mí.

El pastor alemán comenzó a ladrar. Feistkorn lo arrastró para continuar el paseo, pero sin dejar de mirar hacia atrás.

—¡Vamos! —susurró Sardine apartando a Fred de su lado—. Tenemos que hacerle creer que nos hemos ido. Si no, no entrará en su casa.

Empujaron las bicicletas hasta la calle principal. Cuando ya todos habían doblado la esquina, Wilma retrocedió deslizándose a hurtadillas hasta un matorral muy espeso. Feistkorn continuaba vigilando en la calle oscura, como si quisiera defender a su inocente vecina de una banda de ladrones peligrosos. Y por fin, cuando las Gallinas ya estaban hasta el gorro de tener que esconder la cara en el

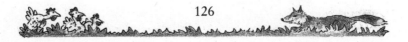

hombro de los Pigmeos, en cuyos abrigos se había quedado pegada la mayor parte del maquillaje, Wilma dio tres breves silbidos.

—¿Qué ha sido eso? —preguntó Fred—. Parece un reloj de cuco estropeado.

—Vía libre —dijo Sardine—. ¿Qué hora es?

—Son ya las ocho y veinte —susurró Steve.

Sardine miró inquieta a su alrededor.

—Vaya hombre, ¿dónde se ha metido Frida?

—No podemos esperarla más rato —musitó Fred—. Vamos, cuanto antes acabemos con esto, mejor. Ese gordo ha conseguido ponerme nervioso.

Volvieron a arrastrar sus bicicletas a toda prisa hacia la estrecha callejuela. Wilma les hizo una señal con la mano. Ya no había ni rastro de Feistkorn, pero al pasar por delante de su casa fueron especialmente sigilosos.

La calle estaba mojada por la lluvia. Llevaba varias horas pinteando.

—¡Mierda, nos vamos a resbalar! —susurró Melanie cuando se dirigían hacia los densos matorrales que había frente al jardín de la abuela Slättberg para dejar las bicicletas. Fred, Torte, Sardine y Melanie se pusieron las cajas de cartón bajo el brazo. Echaron un vistazo hacia la derecha, otro a la izquierda, y luego, agazapados, cruzaron la calle hasta la verja de la abuela Slättberg, donde se agacharon tras el seto.

—¡Uy, estoy a punto de hacerme pis encima de los nervios! —protestó Steve.

Wilma se tapó la nariz para no estornudar.

—¡Venga, Sardine, la cancela! —musitó Fred.

Sardine sacó una pequeña lata de aceite de la mochila. En aquel instante Trude soltó un agudo chillido y se

incorporó. Los demás se levantaron de un respingo. Una bicicleta recorría la calle a toda velocidad.

—¿Quién será ése? —gritó Wilma.

Melanie le tapó la boca con la mano.

—¡Cállate! Es Frida, ¡menuda superespía estás hecha!

Era Frida, que llegaba sin aliento. Inclinada hacia delante para pedalear con más fuerza, cruzó la calle sigilosamente y se agachó detrás del seto entre Sardine y Melanie.

—Ese desfile... —dijo jadeando—, parecía que no se iba a acabar nunca. Y luego Luki se lo ha hecho todo en los pantalones. Y...

—¡Silencio! —siseó Sardine llevándose el dedo índice a los labios—. Es muy tarde, vamos con retraso. Son ya las ocho y media.

—¿Tan tarde, ya? ¡Mierda! —Melanie le extendió rápidamente a Frida un poco de maquillaje negro por la cara.

Con cautela, con mucha cautela, Sardine abrió la verja y comenzó a engrasar las bisagras. Ya no hacía ruido.

—¿Por qué chirriaba tanto la puerta de tu abuela? —preguntó Steve entre susurros—. ¿Es que le gusta el ruido?

—Tiene miedo de que entren ladrones —le respondió Frida, también en voz baja.

—Bueno, mejor —gruñó Willi—. Al menos así no saldrá de casa si nos oye.

Por segunda vez los Pigmeos se cubrieron la cabeza con las medias negras.

—Un momento.

Sardine respiró hondo y miró a los demás. Quería decirles algo.

—Ay, ya se me olvidaba... Mi abuela... —explicó mirando hacia la casa. Sólo había luz en la ventana del salón. Su abuela jamás derrochaba electricidad.

—Venga, desembucha de una vez... —susurró Fred impaciente.

—Mi abuela se ha comprado una pistola —murmuró Sardine.

Steve se quitó la media de la cabeza con un movimiento brusco.

—¿Cómo?

—¿Una pistola? —musitó Wilma, perpleja.

Únicamente Willi se rió por lo bajinis.

—¡Ahí va, una abuela con pistola! No sé por qué os preocupáis tanto. Si ni siquiera sabrá usarla.

—Ya, claro —susurró Melanie arrimándose a él—. ¡Cómo se nota que no conoces a la abuela Slättberg!

Se quedaron petrificados, sin saber qué decir. Agazapados tras el seto de la abuela Slättberg, permanecieron en silencio.

—¡Una pistola! —Steve resopló—. Ni hablar; si la chiflada de tu abuela tiene una pistola, yo no entro ahí.

—¡Pero entonces matará a las gallinas! —Con los nervios Trude se olvidó de bajar la voz—. Hemos venido aquí para rescatarlas. Y eso...

—Ya, pero puestos a elegir entre yo y las gallinas —la interrumpió Torte—, por mí ya puede ir desplumándolas. Es que no hay nada que pensar.

—¡Bueno, vale! —sentenció Sardine con voz temblorosa, aunque en esos momentos ni ella misma tenía claro si se debía a la rabia o al miedo—. Entonces voy a entrar yo sola. A mí me da igual. Pero ya que sois tan valientes, ¿puedo pedir al menos que uno de vosotros

monte guardia por si acaso Feistkorn vuelve a aparecer?

—¡Ahora no te hagas la heroína! —gruñó Fred, y se adentró, sigiloso como una serpiente, en el huerto de la abuela Slättberg. Sardine lo siguió.

—Yo voy delante —susurró, y lo adelantó en silencio.

Corrieron agazapados hacia el gallinero y al llegar a la puerta, cuando Sardine se volvió a mirar, vislumbró a las cuatro Gallinas y a los tres Pigmeos avanzando por los bancales de verduras de la abuela Slättberg. No faltaba ni uno. En aquel instante a Sardine se le dibujó una sonrisa en el rostro que Fred le devolvió con aire burlón.

—Venga, abre ya la puerta —le susurró.

Las gallinas parpadearon al quedar deslumbradas por la luz que Sardine acababa de encender. Estaban aposentadas en sus perchas formando tres filas, con las alas ahuecadas y todas muy juntitas.

—Rápido —urgió Sardine—, metedlas en las cajas antes de que se acostumbren a la luz. Y si no funciona, ¡ponedles el embutido en el pico!

Algunas gallinas escondieron la cabeza asustadas, se resignaron a su destino con un débil cloqueo y cerraron los ojos al ver que dieciséis manos humanas congeladas se abalanzaban sobre ellas. Las demás, sin embargo, armaron una espantosa algarabía y comenzaron a batir las alas rápidamente, con el pico abierto de par en par, brincando de allá para acá por las perchas con las patas de afiladas garras. Las lonchas de embutido sirvieron para calmarlas un poco, pero pronto volvieron a alborotarse. Los rescatadores de gallinas lograron atrapar a seis de las aves en las perchas, pero las demás escaparon aleteando entre la paja, y en aquel momento comenzó la auténtica cacería.

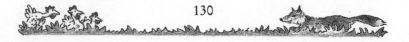

Las gallinas no podían huir del corral. Todas las tardes la abuela de Sardine cerraba el agujero por el que salían y entraban durante el día, pero ni siquiera dentro del pequeño corral resultaba fácil atrapar a las gallinas, que correteaban como energúmenas de un lado a otro. Salían plumas volando por todas partes mientras las Gallinas Locas y los Pigmeos chocaban unos con otros, se lanzaban sobre la paja y se golpeaban contra las paredes del corral. Por fin, lo lograron. Consiguieron meter en las cajas a todas las gallinas, que cloqueaban ofendidas para sus adentros mientras picoteaban el cartón.

Los ocho rescatadores, exhaustos, con el pelo y la ropa llenos de paja y las manos rasguñadas por las patas de las gallinas, se dirigieron tambaleándose hacia la puerta del corral con las cajas llenas a reventar.

—Uf, esto ha sido peor que cazar leones —se quejó Fred escupiendo una pluma.

—¡Chsss! —Sardine pegó la oreja a la puerta del corral y dio dos golpecitos. Wilma, que estaba vigilando al otro lado, respondió con otros dos golpecitos, la señal de que no había moros en la costa.

Sardine abrió cuidadosamente la puerta.

—¿Las tenéis? —preguntó Wilma procurando no alzar la voz, y se presionó la nariz justo cuando iba a estornudar.

Sardine asintió con la cabeza y miró a su alrededor. El jardín estaba oscuro y tranquilo. Tras la ventana del salón de la abuela Slättberg centelleaba la luz del televisor. Al lado, en la propiedad de Feistkorn, todo estaba en calma. Aliviada, Sardine les hizo una señal a los demás para que la siguieran. Con el corazón en un puño, fue avanzando a través de los bancales de coles y hierbas aromáticas en di-

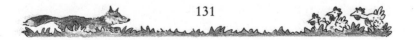

rección a la verja. En la caja que llevaba bajo el brazo las gallinas se bamboleaban de un lado a otro, arañando y picoteando el cartón.

Sardine había recorrido ya la mitad del camino cuando, de pronto, vio que la luz del televisor de la abuela Slättberg se apagaba. Los rescatadores se quedaron petrificados, como si de repente se hubieran convertido en enanitos de jardín. No se oía ningún ruido, salvo el que producían las gallinas al arañar y picotear el cartón. Sardine contuvo la respiración, pero no lograba calmar los frenéticos latidos de su corazón. Sin apartar ni un instante la vista de la ventana del salón, Sardine se deslizó sigilosamente, como los indios; dio un paso, luego otro, después un tercero. Los demás la siguieron, silenciosos como fantasmas. Sólo se oían los leves chasquidos que producía la grava del camino bajo sus suelas.

En aquel preciso instante se encendió la luz de la cocina.

Del susto, Steve tropezó con Torte y a éste se le escurrió la caja, que al estrellarse contra el suelo se abrió. Fue entonces cuando una gallina comenzó a cacarear formando un estrépito tremebundo.

Estaban perdidos.

Por la ventana de la cocina, Sardine vio que su abuela pasaba cojeando en dirección a la puerta principal.

—¡Rápido! —gritó Fred, que sin querer golpeó la espalda de Sardine con la caja. Sardine echó a correr a trompicones hacia la verja del jardín. Tan sólo le faltaban dos ridículos metros para alcanzarla cuando bruscamente se abrió la puerta de la casa y su abuela apareció apoyada contra el marco, con la muleta bajo el brazo, como Long John Silver, sosteniendo la pistola en la mano.

—¡Alto ahí! —La advertencia fue tan ensordecedora que probablemente hasta Feistkorn dio un respingo en su sofá—. ¡Todos quietos!

Steve obedeció inmediatamente y levantó las manos, mientras Torte se quedaba boquiabierto, inmóvil, junto a la caja de cartón que se le había caído. Wilma también alzó las manos, y Trude fue la siguiente. Después Willi, que en ese momento ya no estaba tan seguro de que la abuela Slättberg no les fuera a disparar.

Sardine había alcanzado ya la verja. ¿Qué debía hacer? Empujó la caja hasta la acera, Fred le entregó la suya y se quedó paralizado. Su rostro reflejaba la misma confusión que el de Sardine.

—¡Venga, vamos! —exclamó la abuela Slättberg—. ¡Ahora quitaos las máscaras!

La abuela bajó el arma con gesto de satisfacción y entonces lanzó un disparo.

—¡Es de fogueo! —gritó Willi—. ¡Que sí, os juro que eso es un cartucho de fogueo, jolines!

De un salto Willi se abalanzó sobre la caja de Torte, en cuyo interior permanecía aún la gallina que había protagonizado el escándalo, levantó la caja y corrió con ella hacia la verja. Dominada por la rabia y totalmente fuera de sí, la abuela Slättberg comenzó a tirotearlos desde la puerta, pero ya nadie temía sus disparos. Torte era el único que continuaba petrificado, como si le hubiera alcanzado un rayo, pero entre Frida y Steve lograron arrastrarlo fuera del huerto. La última en trasponer la verja a todo correr fue Wilma, que dejó a sus espaldas a la abuela de Sardine sacudiendo la muleta y llamando a Feistkorn a gritos con voz estentórea.

Pero al parecer el gordinflón de Feistkorn estaba tan

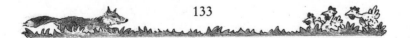

amedrentado por los disparos que ni siquiera se atrevió a acercarse al teléfono para llamar a la policía, algo que solía hacer en cuanto le molestaba, por ejemplo, el volumen de una radio.

Las Gallinas Locas y los Pigmeos se apresuraron a cruzar la calle. El suelo estaba resbaladizo, tal y como Melanie se había temido, y con las cajas llenas de gallinas aleteando y cacareando, patinaron sobre el asfalto como si llevaran jabones pegados a las suelas. Mientras tanto, la abuela había arrojado la pistola entre las coles y caminaba renqueando hacia la puerta, soltando sapos y culebras por la boca.

Con las manos temblorosas, los rescatadores de gallinas recuperaron sus bicis de entre las ramas heladas, ataron las cajas en los portapaquetes de las chicas y saltaron a los sillines.

—¡Eh, vosotros, pequeñas ratas ladronas! —gritaba la abuela Slättberg zarandeando la puerta de la verja. Pero Wilma había tomado la sabia precaución de atarla con la cadena de una bici—. ¡Atajo de bandidos, malvados ladronzuelos de gallinas! —despotricaba la abuela Slättberg mientras Gallinas y Pigmeos huían juntos de las amenazas y los improperios.

De pronto, se hizo el silencio, tal vez sólo porque la furiosa abuela de Sardine necesitaba coger aire. Pero cuando casi habían alcanzado el final de la calle, Sardine la oyó vociferar de nuevo:

—¡Sardine! —Su nombre retumbó en el silencio de la calle—. ¡Sardine, sé que andas detrás de todo esto! ¡Vuelve aquí ahora mismo!

Sardine se asustó tanto que los pies estuvieron a punto de escurrírsele de los pedales. Volvió la vista atrás ho-

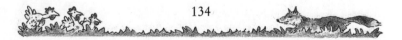

rrorizada, pero naturalmente en la negrura de la noche no distinguió la figura de su abuela.

—¡No te pares! —exclamó Fred—. ¡Venga, vamos!

Luego, cuando todos se detuvieron en la esquina, casi sin aliento, dijo resollando:

—Uf, tu abuela no tiene un pelo de tonta, ¿eh? ¡Pero, eso sí, hemos librado a las gallinas del hachazo en el cuello!

—¡Sí! —jadeó Sardine, apoyándose sobre el manillar—. ¡Lo hemos conseguido!

—¡Ahora llevároslas al nido! —dijo Fred—. Dondequiera que lo tengáis. —Maniobró la bici en dirección contraria y le hizo una señal a los demás Pigmeos.

—¡Y no os dejéis atrapar por el zorro! —exclamó Steve entre el tránsito de los coches.

Del griterío de la abuela Slättberg ya no quedaba ni rastro. Fred hizo una señal con la mano y los chicos se alejaron sin mirar atrás ni una sola vez.

—Parece que van a cumplir lo prometido —dijo Wilma, entornando los ojos y siguiendo a los Pigmeos con la mirada—. Vaya, increíble.

—¡Vamos! —exclamó Frida—. ¡Si nos quedamos aquí, nos congelaremos!

Sardine volvió la cabeza una última vez.

Luego comenzó a pedalear y las cinco Gallinas Locas salieron disparadas con sus emplumadas hermanas en las cajas como si las persiguiera la mismísima abuela Slättberg enarbolando una pistola de verdad.

Al día siguiente, la abuela Slättberg llamó por teléfono a las seis de la mañana. Saltó el contestador automático, como ocurría siempre que la madre de Sardine había trabajado hasta tarde la noche anterior. Sardine se despertó en cuanto oyó el timbre y al instante supo quién era. A la abuela Slättberg no le gustaba dejar mensajes en «ese chisme que sólo sirve para escaquearse», que era como ella solía llamar al contestador. Cuando Sardine se deslizó hasta el pasillo para escuchar los mensajes, comprobó una vez más que lo único que la cinta había registrado era el clic que sonaba cuando alguien colgaba. Pero sólo podía ser la abuela Slättberg. ¿Qué otra persona llamaría a esas horas un domingo por la mañana?

«¡Ojalá no nos hubiera visto! —pensó Sardine, acurrucándose de nuevo bajo el edredón calentito de su cama—. Si no nos hubiera visto, seguro que habría creído que era un robo normal y corriente. Aunque también es verdad que los ladrones no suelen ir por ahí robando gallinas. ¡Pero de todas formas, qué mala suerte!» Su abuela estaba convencida de que el mundo estaba plagado de ladrones, pero su obsesión no era tanta como para creer que había una banda de ladrones enanos, eso seguro que no. No, seguro que había atado cabos en el mismísimo instante en el que los vio por la ventana de la cocina.

«Si no nos hubiéramos topado con ese Feistkorn —pensó Sardine hundiéndose bajo el edredón—. De no ser por él, no habríamos entrado tan tarde, la abuela habría estado viendo la tele y nosotros habríamos podido marcharnos tranquilamente.» ¿Y si llamaba a la policía? «Verá usted, agente: mi nieta y sus amigos han entrado a robar en mi casa. Averigüen quién ha participado en el robo y detengan a todos esos ladronzuelos. Exijo que me devuelvan mis gallinas.» Sardine se mordió con tanta fuerza la uña del dedo pulgar que le dolió. A lo mejor Wilma tenía razón y a los menores de edad también se les podía llevar a la cárcel aunque no hubieran robado más que un puñado de gallinas viejas...

La noche anterior no se lo habían llegado a plantear. Habían llevado a las gallinas a su nuevo corral y luego se habían sentado todas juntas en la caravana. ¡Y qué a gusto habían estado! A pesar de que las gallinas se mostraron bastante desconcertadas cuando las encerraron en el pequeño cobertizo, estaban a salvo, y las Gallinas Locas habían celebrado la heroica liberación con un paquete de gominolas. Las golosinas eran un regalo del primo de Trude.

«¿Qué dirá mamá? —pensaba Sardine bajo el edredón de su cama—. ¿Pagará la fianza para sacarme de la cárcel? En las películas la gente siempre paga fianzas para no morirse de asco en la prisión. Yo nunca revelaré el escondite de las gallinas —pensó Sardine—. Si no, todo esto no habría servido para nada. Yo, callada como una tumba, aunque me interroguen durante toda la noche.» Pero ¿quién iba a dar de comer a las gallinas si sus rescatadores acaba-

ban en la cárcel? A los Pigmeos también los arrestarían; al fin y al cabo, su abuela sabía contar hasta nueve. ¿Les daría de comer su madre? ¿O le devolvería las gallinas a A. S. si Sardine le confiaba dónde estaban?

A las seis y media volvió a sonar el teléfono por segunda vez, y luego a las siete, y a las siete y cuarto. Sardine tenía ya los nervios de punta y se había enroscado como un ovillo debajo del edredón. A las siete y media la abuela Slättberg lo logró. La madre de Sardine salió de su habitación hecha una furia y cogió el teléfono. Sardine sabía por qué lo hacía. Porque en el fondo su madre albergaba la esperanza de que fuera el cabeza de chorlito de su novio. Casualmente, desde la tarde en que había roto la vajilla plato a plato, salía corriendo cada vez que sonaba el teléfono.

—Sí, ¿diga? —la oyó murmurar al teléfono—. ¡¿Madre?! ¡No me lo puedo creer! Pero ¿sabes la hora que es? ¡He estado trabajando toda la noche! —A continuación se quedó callada unos instantes. Sardine asomó un trocito más de cara por encima del edredón para poder oír mejor—. ¡Qué disparate! —exclamó su madre enfadada—. Sí, un auténtico disparate. No, no tengo ni idea de quién más puede haber sido, pero Sardine estaba aquí. Sí. Con sus amigas. Vinieron aquí a ver una película... Sí, claro que estoy segura... ¡Bueno, a lo mejor ronda por ahí una banda de ladrones liliputienses! ¿Cómo dices? —El tono de voz de su madre cambió drásticamente—. Como se te ocurra ir a la policía, no vuelvo a dirigirte la palabra en toda... Me importa un rábano a quién le dejes tu casa en herencia. Por mí, como si se la regalas a la beneficencia... Muy bien, como tú quieras, pero que sepas que pienso denunciarte por todos los años que llevas sin pagar los impuestos... Por supuesto que soy capaz de hacerlo. ¿Te juegas algo?... No, no

pienso llamarla. Está durmiendo. Y yo voy a volver ahora mismo a la cama. ¡Buenas noches!

La madre de Sardine colgó el teléfono de un golpetazo tan fuerte que hasta Sardine lo oyó desde su habitación. Luego, con gesto de preocupación, se apoyó en el marco de la puerta del dormitorio.

—Eh —dijo su madre asomando la cabeza—. Ya decía yo que no podías estar dormida. ¿Qué pasa con tu abuela? ¿Tanto ha perdido la memoria que ya ni siquiera sabe dónde ha metido a las gallinas, o es que es verdad que se las habéis robado? ¿Las queríais de mascotas de la pandilla?

—¡Pensaba matarlas! —exclamó Sardine, sentándose en la cama—. ¡A todas! ¿Qué querías que hiciera?

Al oír aquello su madre sonrió. Sonrió con expresión de sueño y agotamiento. Luego se abalanzó sobre Sardine y la abrazó tan fuerte a que Sardine le entró la risa.

—¡Ven aquí! —exclamó—. ¡Si es que tengo una hija que es toda una heroína! ¿Qué más se puede pedir? Yo jamás me habría atrevido a hacer algo así. ¡Vamos, ni loca! —Y le dio un beso enorme a Sardine y después otro y otro más—. ¿Te he contado alguna vez que la abuela sacrificaba siempre a mis conejitos? Yo lloraba y lloraba como una tonta, pero de todas formas los mataba. Sólo una cosa: no me digas dónde habéis llevado a las gallinas. Ya sabes que cuando me mira fijamente a los ojos soy incapaz de mentir.

—Sí, ya lo sé. —Sardine esbozó una sonrisa cariñosa—. Mami...

—Dime.

—¿Crees que la abuela irá a la policía? A lo mejor debería avisar a los demás...

—No, no te preocupes —la tranquilizó su madre—.

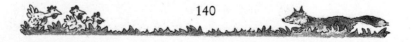

No irá a la policía. Eso lo dice porque está enfadada, pero jamás haría algo así. Además, la policía no detendría a unos niños que pretendían rescatar a unas cuantas gallinas.

—Eso de los impuestos ha estado bien —dijo Sardine—. La abuela se muere de miedo cuando piensa que en cualquier momento puede presentarse un inspector.

Su madre soltó una carcajada.

—Sí, ya lo sé.

Luego, entre bostezos, su madre se levantó de la cama y fue a tientas hasta la puerta.

—Que descanses, cielo —murmuró—. Ahora voy a ver si duermo otro ratito. Pero puedes venir a mi cama para desayunar dentro de una hora o así. No, mejor que sean un par de horas. ¿Qué te parece?

—Lo siento, mami, pero hoy no puedo —respondió Sardine—. He quedado con las demás para ir a las fiestas del barrio.

—¿Con las rescatadoras de gallinas? Pues salúdalas de mi parte. —Su madre volvió a lanzarle una sonrisa con la misma cara de sueño y se fue a su habitación.

Sardine se sentía feliz, se tapó con el edredón hasta la nariz y se volvió a quedar dormida. El teléfono no sonó.

Aquella mañana, a pesar de su resfriado, Wilma era la encargada de dar de comer a las gallinas.

«¿Y si les contagio el resfriado a las gallinas?», le había preguntado preocupada a Sardine. «No las beses en el pico y ya está», le había respondido ésta.

Cuando Sardine se levantó, su madre seguía durmiendo. Las Gallinas Locas habían quedado a las doce para ir a las fiestas del barrio. Frida llevaba allí desde las diez,

atendiendo una mesa de información. Sardine le preparó un termo de chocolate caliente antes de salir de casa.

La plaza del mercado estaba bastante concurrida. A Sardine le llevó un buen rato encontrar el puesto del grupo de Frida entre todos los carromatos de salchichas, las tómbolas y las casetas de vino caliente. En la mesa donde estaba Frida había dos chicos, más o menos de la edad de Titus. Frida saludó a Sardine con la mano mientras ésta trataba de abrirse camino entre el gentío.

—¡Has venido! —exclamó—. Yo creía que hoy te levantarías con resaca después del atracón de gominolas que te pegaste ayer.

—Pero si Melanie comió por lo menos el doble que yo —respondió Sardine cuando al fin llegó a la mesa—. Madre mía, ¿el año pasado también había tanto follón?

—¡Ya lo creo! —Frida ordenó minuciosamente los montones de folletos—. Pero Melanie se ha llevado un chasco al ver que no había autos de choque. Wilma y ella están por ahí, detrás de las tómbolas. —Frida se inclinó sobre la mesa—. Ya nos han dado un montón de donativos. Y hemos conseguido tres nuevos socios. Está guay, ¿verdad?

—Frida sí que sabe sacar partido de la culpabilidad de la gente —dijo uno de los chicos que acompañaban a Frida—. Se pone como una fiera cuando les habla de los policías que maltratan a los niños de la calle o de los niños que mueren por una simple diarrea porque no tienen dinero para comprar medicamentos. ¡No te imaginas! La gente saca el monedero en un periquete.

—¡Es que es para pillarse un buen cabreo! —exclamó Frida, dándole un pequeño codazo al chico—. Si no me pusiera como una fiera, me echaría a llorar. ¿Preferirías eso?

—Eh, no te sulfures, que era un halago —dijo él—. En serio.

Sardine le dio a Frida el termo de chocolate caliente.

—Toma, para que entres en calor.

—¡Muchas gracias! —Frida se sirvió un poco en un vaso y lo sostuvo entre las manos para calentárselas—. Ahora tendría que echarme el resto en los pies. ¡Están como un témpano! Por cierto —dijo señalando a los chicos—, éstos son Bo y Marc. No te sabría decir cuál de los dos es más caradura.

—¡Salta, Frida, salta! —exclamó Bo—. Es lo único que funciona para combatir el frío en los pies. —Y los dos comenzaron a dar saltitos detrás de la mesa, como hacen los jugadores de fútbol para calentar antes de salir al campo. Frida bostezó.

—¡Hoy estoy demasiado cansada para hacer tonterías! —murmuró—. Les he contado que ayer por la noche participé en el rescate de unas prisioneras inocentes que iban a ser ejecutadas con un hacha, pero no se lo creen.

—Pues es cierto —corroboró Sardine, echando un vistazo a derecha e izquierda. La aglomeración de gente en la plaza del mercado era cada vez mayor—. A. S. ha llamado a casa —le susurró a Frida—. ¡Se ha pasado llamando desde las seis de la mañana! Mi madre y ella han vuelto a discutir, pero mamá le ha jurado que nosotras estábamos en mi casa viendo una peli. La abuela ha llegado a amenazar con ir a la policía, pero mi madre dice que no se atreverá.

—Bueno, eso espero —murmuró Frida—. Tu abuela es capaz de cualquier cosa. ¿Le has contado a tu madre que hemos sido nosotros?

Sardine asintió.

—No he tenido más remedio que decírselo. Pero lo más increíble es que se ha puesto contentísima.

—¿En serio? —Frida sacudió la cabeza—. Pues si se enteraran mis padres, se...

—¿Si se enteraran de qué? —preguntó Titus apoyándose en la mesa—. ¿Qué? ¿Ya te has congelado del todo, hermanita? ¿O es que las buenas acciones ayudan a entrar en calor?

—Compruébalo tú mismo. —Frida se dio la vuelta de espaldas a él y sonrió a una mujer que introdujo dinero en la hucha de los donativos.

—¿Dónde están las demás Gallinas? —Titus buscó a su alrededor con la mirada.

—¿Te refieres a alguna en concreto? —preguntó Sardine—. Porque tienes a una justo detrás de ti, aunque me temo que no es la que estás buscando.

Titus se dio media vuelta con gesto de irritación.

—¡Hola, bicho del ping-pong! —exclamó Wilma, plantándole la pistola de agua delante de las narices—. ¿Habéis visto a Meli? Estábamos ahí detrás, en una de las tómbolas, y de repente ha desaparecido.

»Las gallinas están encantadas de la vida en su nuevo hogar —le susurró a Sardine al oído—. Han removido ya la tierra de la mitad del corral. Pero mañana por la mañana antes de ir al cole tiene que acompañarme alguna de vosotras a darles de comer. Hoy —se sonó la nariz con el pañuelo, un poco avergonzada—, hoy lo he pasado un poco mal yo sola. ¡Estaba todo tan oscuro...! Tenía la sensación de que algún malvado me observaba desde el bosque.

—Claro —respondió Sardine también entre susurros—. De todas formas hoy nos reuniremos allí después

de comer, ¿no? —Se volvió hacia Frida, que en ese momento le estaba entregando a alguien un folleto informativo—. ¿A qué hora acabas aquí?

—Ya ha acabado —dijo Bo—. Nos quedamos nosotros. Aunque no podemos asegurar que vayamos a recaudar ni la mitad de donativos si ella se va.

—Bah, qué tontería —replicó Frida lanzándole una sonrisa burlona—. Poned unos cuantos folletos más del proyecto sobre los niños de la calle, que se están acabando.

—A sus órdenes, jefa —dijeron los dos a coro con una reverencia. Frida les sacó la lengua, sacó su mochila de la caja de cartón que había debajo de la mesa y se alejó de allí con Wilma y Sardine.

Titus se paseaba con cara de aburrimiento detrás de ellas.

—Eh, Titus, ¿no tienes a nadie con quien jugar? —le preguntó Sardine volviendo la cabeza.

—Ja, ja, ya me voy —gruñó Titus—, sólo quería decirle a mi hermanita que otra vez tiene a su sombra pisándole los talones.

Frida miró a su alrededor horrorizada. Torte andaba merodeando a cinco pasos escasos de distancia, frente a un puesto de comida. Desde allí se disfrutaba de una buena visión del tenderete de información. Se había puesto unas gafas de sol que le daban un aspecto un tanto extravagante, sobre todo teniendo en cuenta que el cielo estaba completamente gris. Cuando reparó en que Frida lo estaba mirando, se escondió rápidamente entre dos mujeres que empujaban un cochecito.

—¡Ay! —suspiró Frida.

—¡Que os vaya bien, turuletas! —exclamó Titus, y desapareció tras la caseta de las cervezas—. Ah, y otra

cosa —añadió—. Por si os interesa, vuestra amiguita, la supersexy, se está dando el lote con alguien detrás del puesto de salchichas. —Y al fin se marchó.

—¡Tu hermano es una víbora! —gruñó Sardine, aunque se sorprendió a sí misma mirando hacia el puesto de salchichas. Wilma y Frida también volvieron la vista hacia allí, pero los únicos que aparecieron por entre la muchedumbre fueron Fred, que llevaba en la mano una salchicha al curry, y Steve, que se estaba zampando tres.

—¡Hola! —exclamó Fred al toparse con ellas—. ¿Qué tal vuestras hermanitas rescatadas? ¿Llegaron todas sanas y salvas?

Sardine asintió.

—Oye, Steve —dijo—. ¿Por qué no le echas las cartas a tu querido amiguito Torte, a ver si se convence de que él y Frida no están hechos el uno para el otro?

Fred echó un vistazo con el ceño fruncido.

—¿Y eso? —preguntó—. ¿Todavía sigue insistiendo? Frida suspiró.

—Déjalo. Supongo que tarde o temprano se cansará.

—Sí, supongo. —Fred se encogió de hombros mientras se tocaba el aro de la oreja—. Aunque lo de las cartas no es tan mala idea —añadió, dándole un golpecito a Steve—. Cuéntale algo a Torte, a ver si así se relaja un poco. Dile que está a punto de conocer al amor de su vida y, no sé, píntaselo todo maravilloso.

—Bueno, es que ya lo intenté —murmuró Steve, que se ajustó las gafas un poco abochornado—. Y ése es el problema. Las cartas dijeron que Frida, bueno, que Frida es... —Levantó las manos con resignación—. Vamos, que Frida es su gran amor. Eso dijeron las cartas. Estaba clarísimo.

—¡No me lo puedo creer! —Sardine se quedó mirán-

dolo fijamente sin dar crédito a lo que acababa de oír—. Definitivamente, estás como una cabra.

—¿Y qué quieres que haga? —exclamó Steve, indignado—. Las cartas dicen lo que dicen.

—¡Las cartas no dicen nada! —le espetó Sardine—. ¡Uf, ahora preferiría que hubieras seguido entreteniéndote con aquellos truquitos infantiles! ¡Al menos eran inofensivos!

Frida se limitó a mirar a Steve con cara de incredulidad.

—Mira —le dijo Fred a Sardine—, no sé qué pasa hoy. Torte se dedica a perseguir a Frida y Willi está totalmente desaparecido, pero una cosa sí que puedo deciros: queremos canjear el vale de la deuda. Necesitamos que nos ayudéis a sacar las cosas de la cabaña antes de que las excavadoras empiecen a arrasar con todo mañana. Al principio creí que podríamos nosotros solos, pero no nos va a dar tiempo.

Las tres Gallinas se miraron.

—Claro —dijo Frida—. Vosotros nos habéis ayudado y ahora nos toca a nosotras. Lo prometido es deuda.

—Eso. —Sardine se encogió de hombros—. Un vale es un vale. Hoy teníamos una reunión de pandilla después de comer, pero no importa, pasaremos antes por vuestra cabaña, si es que conseguimos encontrar a Melanie y a Trude...

—¡Eh, jefe! Ahí está Willi —dijo Steve, señalando hacia el gentío que se arremolinaba frente al puesto de las salchichas.

Willi se abrió paso por entre la muchedumbre que guardaba cola frente al tenderete.

—¿Qué tal? —preguntó cuando al fin logró llegar hasta donde estaban.

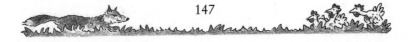

—Eh, tío, ¿dónde te habías metido? —le preguntó Fred en tono de reproche—. Tenemos un montón de cosas que hacer. ¿O es que quieres que mañana arrasen con todas nuestras cosas?

Willi se encogió de hombros.

—A estas alturas ya no importa nada —murmuró.

—Eh, Willi —dijo Wilma de repente—. No habrás visto por casualidad a Melanie.

Willi la miró. Luego negó con la cabeza.

—No, ¿por qué?

—Por nada, sólo era una pregunta. Es que la estamos buscando —respondió.

Sardine y Frida se miraron.

—Yo a la única que he visto es a Trude —gruñó Willi—. Con un chico delgado y moreno. Cuando pasamos por ahí estaban montando en un tiovivo de niños pequeños.

—¿En un tiovivo? —preguntó Sardine, asombrada.

Willi esbozó una sonrisa sarcástica.

—Sí, y daba la impresión de que se lo estaban pasando bomba. Trude iba montada en un caballo rosa y el chico en un coche de bomberos.

—Ya, ya. —Entre suspiros, Sardine entrelazó los brazos con los de Wilma y Frida—. Vamos a zambullirnos en la marabunta. A lo mejor encontramos también a Meli en el tiovivo. En cuanto demos con ellas, vamos a vuestra guarida, ¿vale?

—Perfecto —dijo Fred—. Y si por casualidad veis a Torte —les gritó desde detrás—, decidle que las cartas de Steve han dicho que como no aparezca en la cabaña antes de mediodía, se convertirá en comida para los sapos.

—¡Le transmitiremos el mensaje al pie de la letra —exclamó Wilma—. ¡Será un placer!

Encontraron a Melanie junto al tiovivo. Estaba a un lado contemplando a Trude y a su primo, que iban montados en el coche de bomberos. Se habían apretujado los dos en aquel diminuto cochecito y Paolo iba tocando la campana a lo loco, que no le daba en la cabeza de milagro, mientras Trude se tronchaba de risa en el asiento de atrás.

—Oye, Meli, ¿dónde te habías metido? —preguntó Wilma—. Ni siquiera abriste el cupón de la tómbola. Toma.

—Gracias —murmuró Melanie y, absorta en sus pensamientos, desdobló la pequeña hoja de papel—. «Siga jugando», como siempre. ¿Nos vamos ya a la caravana? He traído algunas cintas de música y unos pósters.

—No, primero tenemos que ir a la cabaña de los Pigmeos —señaló Sardine. La música del tiovivo le estaba machacando los oídos.

—Quieren canjear el vale —le explicó Wilma.

—Ah, claro —asintió Melanie—. Mañana comienzan las obras. Están bastante hechos polvo por todo eso.

El tiovivo ralentizó la marcha hasta detenerse del todo. Trude y Paolo salieron del coche de bomberos con las piernas entumecidas.

—¿Podemos subirnos otra vez? —exclamó Trude.

—¡No! —respondió Sardine—. Tenemos que ayudar a los chicos a vaciar su cabaña.

Trude se mordió los labios, decepcionada. Paolo le cogió la mano y la ayudó a abrirse paso entre los niños que se agolpaban a la entrada de la atracción para montar en el siguiente turno.

—Bueno, pues nada —murmuró Trude al llegar junto a las demás Gallinas.

—Hasta esta noche —le dijo Paolo, luego le acarició el lóbulo de la oreja, que aún no había recuperado su color habitual, y se marchó. Trude se quedó mirándolo con nostalgia.

Wilma soltó una risita.

—Todavía no me lo creo, en serio, Trude. Nunca me habría imaginado esto de ti.

Trude se ruborizó y las mejillas se le pusieron del mismo color que las orejas.

—Vamos —dijo Frida cogiéndola del brazo—. ¿Dónde has aparcado la bici?

—Al lado de correos —murmuró Trude.

—Las nuestras también están allí —dijo Wilma.

En silencio, se deslizaron entre el gentío. El aroma de las salchichas les abrió el apetito. Frida compró una bolsa grande de palomitas para todas y acto seguido partieron hacia la chatarrería.

—Espero que no tardemos mucho —dijo Sardine mientras aparcaban las bicis junto a la inmensa valla—. No me gusta dejar a las gallinas solas todo el día.

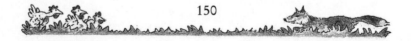

—Bueno, una de nosotras puede marcharse un poquito antes para ver cómo están —sugirió Frida.

Sardine asintió.

En ese momento un águila ratonera sobrevoló el bosque. Sardine miró al cielo con gesto de preocupación.

—¿Has fijado bien las redes? —le preguntó a Wilma mientras avanzaban a paso ligero hacia la guarida del árbol de los Pigmeos.

Wilma asintió con la cabeza.

—No queda ni un solo agujerito. Y por cierto —dijo sonándose la nariz—, también he enviado el anuncio.

—¿Qué anuncio? —preguntó Sardine.

Wilma sonrió de oreja a oreja.

—El de los contactos para tu madre. Saldrá publicado el martes.

Sardine se quedó de piedra y miró a Wilma boquiabierta.

Melanie estalló en carcajadas.

—¡No me lo puedo creer! ¿Y qué has escrito en el anuncio, Wilma? ¡Venga, cuenta!

—¿El martes? —exclamó Sardine—. ¿El martes lo publican? Tienes que cancelarlo ahora mismo. Como de repente empiecen a llamar tíos a casa, a mi madre le va a dar un ataque al corazón. Además... —Estaba tan furiosa que le costaba respirar—. Además tiene el gusto más horrible que os podáis imaginar para los hombres. ¡Seguro que se queda con el más chalado de todos los que llamen!

Wilma estornudó en un pañuelo y la miró con aire de remordimiento.

—Pensé que era lo que tú querías —murmuró—. Así no tendrás que irte a Estados Unidos y podremos seguir todas juntas...

—¡No me lo puedo creer! —le espetó Sardine.

—Venga, cuéntanoslo de una vez, Wilma —le pidió Melanie sin dejar de reír—. ¿Qué has puesto en el anuncio?

Wilma rehuyó la mirada de Sardine.

—Atractiva taxista madura busca hombre que la mime.

Trude se mordió los labios, pero Frida y Melanie estallaron en carcajadas. El ataque de risa fue tan brutal que tuvieron que agarrarse una a la otra.

—¡Es que era muy caro poner un texto más largo! —añadió Wilma.

—Ahora sí que va a querer irse del país —pronosticó Sardine, entornando los ojos—. ¡En cuanto llame el primer cernícalo! ¡Ya te vale, Wilma!

A partir de ese momento caminaron en silencio, excepto Melanie y Frida, que continuaban desternillándose de la risa.

—Ya lo veo venir, dentro de nada no tendré tiempo para ir a las reuniones de pandilla —murmuró Sardine—. Estaré demasiado ocupada aprendiendo inglés.

Aquel día no salía música de la cabaña de los Pigmeos, sólo se oían martillazos. Nada de voces ni de risas. Cuando las Gallinas Locas llegaron a la orilla de la charca, se encontraron a Torte y a Fred al pie de la escalera, quitando los clavos de los tablones que habían estado pintando la semana anterior. De la cabaña no quedaba más que el armazón. Ya habían desmontado incluso los cartones del techo. La ventana que les había regalado el abuelo de Fred cuando demolió el cobertizo de su huerto, las alfombras

que había desechado la madre de Steve, las lámparas que habían comprado con sus ahorros, la mesa hecha con cajas, las colchonetas, las cacerolas, los platos: todo estaba amontonado, empaquetado y atado junto a la charca.

—Hola —murmuró Fred al reparar en la presencia de las chicas—. Algunas cosas no podemos llevárnoslas en bici, pero Steve ha conseguido un carrito. Y luego, a última hora de la tarde, vendrá mi padre con el coche.

Sardine asintió.

—¿Dónde meteréis las cosas?

Fred carraspeó.

—En casa de mi abuelo —dijo—. No las podemos dejar allí para siempre, pero bueno... —Se encogió de hombros.

Melanie alzó la vista y vio que Steve desmontaba la barandilla de la plataforma. Willi estaba sentado en el borde con las piernas colgando y miraba fijamente hacia la chatarrería, desde donde se divisaban las excavadoras por entre los árboles deshojados.

—Eh, Willi —exclamó Torte—. Lánzame los alicates grandes, los que están oxidados.

—Está totalmente hecho polvo —dijo Fred, arrojando un tablón al montón situado junto a la charca—. Pasaba más tiempo aquí que en su casa.

—¡Voy a ver si el café del termo aún está caliente! —gritó Steve desde arriba—. ¿Las gallinas beben café?

—¡Si no queda más remedio...! —Sardine lanzó a Fred una mirada sarcástica—. Pero ¿de verdad os gusta el café, o lo bebéis sólo para haceros los mayores?

Fred no pudo menos que esbozar una sonrisa.

—¡Ya estás otra vez metiéndote con nosotros! —exclamó—. ¿Qué quieres que bebamos para entrar en calor?

153

El té es cosa de chicas, el chocolate caliente lo dejamos para los críos, y con el vino caliente acabas medio borracho enseguida.

—¡Yo tomo café, pero sólo si le echas mucho azúcar! —exclamó Frida dirigiéndose a Steve.

—Vale. —Steve se abrió camino entre los restos de la cabaña para rescatar el azúcar. Willi continuaba sentado en el borde de la plataforma, inmóvil.

Torte dejó a un lado el martillo y colocó la escalera.

—Voy a ayudar a Steve —dijo volviendo la cabeza.

Fred siguió sacando clavos de los tableros. Sardine cogió el martillo que acababa de dejar Torte y se puso a ayudar al jefe de los Pigmeos mientras Frida y Wilma ataban las colchonetas con una tira de plástico transparente. El cielo se había vuelto a encapotar. Melanie también se puso manos a la obra, aunque sin dejar de alzar la vista hacia Willi.

—El café está listo —anunció Steve desde lo alto—. ¡Todos arriba!

—La mesa ya la hemos embalado —murmuró Torte cuando subieron todos, y colocó los vasos de papel sobre el suelo de madera.

Cuatro días habían tardado los Pigmeos en construir la plataforma en el árbol, y no había habido tormenta ni chaparrón alguno capaz de destruirla.

—Habría aguantado lo que le echaran —dijo Fred, golpeando los tablones.

—Eso seguro. —Steve sirvió el café, se sentó junto a los demás y contempló sus cartas con gesto de melancolía—. Esto no tiene buena pinta —murmuró—. Lo mire por donde lo mire, las perspectivas son nefastas.

Melanie le llevó un vaso a Willi.

—Toma —le dijo—. Ten cuidado, está muy caliente. ¿Quieres azúcar?

Willi negó con la cabeza y cogió el vaso sin mirarla siquiera. Seguía contemplando en silencio las excavadoras. Melanie titubeó, pero al final decidió volver a sentarse con los demás.

—¿Dónde vive tu abuelo? —le preguntó Sardine a Fred. En realidad a ella no le gustaba el café, pero en esa ocasión le estaba sentando bien.

—Justo detrás del bosque, en la zona de huertas —respondió Fred—. Por suerte no está muy lejos. Todavía tendremos que hacer unos cuantos viajes antes de que anochezca. Pero, como os dije antes, las colchonetas y las demás cosas grandes las vendrá a recoger mi padre con el coche.

—Jo, ahora vosotras tenéis un cuartel y nosotros no —se lamentó Steve—. Quién lo iba a decir, ¿eh?

—Suerte para las Gallinas y mala fortuna para los Pigmeos —murmuró Torte con la mirada fija en el vaso humeante—. Ya lo decían las cartas de Steve.

Frida lo miró con expresión de incredulidad:

—Pero ¿tú crees en esas cosas? —le preguntó.

Torte le devolvió la mirada un poco a la defensiva.

—Pues sí, ¿acaso tú no?

Frida negó con la cabeza.

—Eh, Willi —dijo Fred—. Deja ya de mirar hacia allí. Ven a sentarte con nosotros. Construiremos otra cabaña en un árbol, una mucho mejor.

—Yo no quiero otra —gruñó Willi sin volverse—. Nos hemos pasado tres años construyendo ésta. ¡Y ahora esos cerdos arrasan con todo en un día por la maldita chatarrería!

Se levantó bruscamente de un salto.

—¡Pero se van a enterar de lo que es bueno! —exclamó, y se precipitó hacia la escalera sin mirar a los demás.

—Eh, ¿qué te propones? —le inquirió Fred.

Pero Willi no respondió. Descendió por la escalera y, acto seguido, oyeron que sus pasos se alejaban en el bosque.

Steve se llevó las manos a la cara y resopló.

—¡Ya le ha dado un ataque! —murmuró Torte, que se asomó al borde de la plataforma y siguió a Willi con la mirada.

—¡No te quedes ahí parado! ¡Vamos! —exclamó Fred, quien se dirigió a toda prisa hacia la escalera—. ¡Seguro que se lleva entre manos alguna barbaridad! ¡Hay que detenerlo!

—¿Detenerlo? Pero ¿cómo? —exclamó Steve.

—¡Como sea! —exclamó Sardine, que lo apartó a un lado y se deslizó escaleras abajo. Melanie ya estaba abajo.

Las Gallinas y los Pigmeos se apresuraron a cruzar todos juntos el bosque. En una ocasión, estuvieron a punto de alcanzar a Willi, pues éste tropezó con la raíz de un árbol y al levantarse se enredó entre las ramas de unas zarzas. Sin embargo, Willi era muy veloz, mucho más que todos los demás. Ni siquiera Sardine, con lo larguiruchas que tenía las piernas, fue capaz de darle alcance. Cuando Fred y ella abandonaron el bosque, Willi ya se encontraba frente al portón de la chatarrería. El portón estaba cerrado con una inmensa cadena, pero eso no detuvo a Willi que, sin pensarlo dos veces, comenzó a trepar por la verja metálica.

—¡Willi! —bramó Fred—. ¡Willi, no hagas barrabasadas!

Fred trató de agarrar la pierna de Willi, pero él pataleó hasta soltarse, franqueó la verja y de un salto se plantó en el otro lado. Casi sin aliento echó un vistazo a su alrededor, salió corriendo hacia un montón de escombros y cogió un palo de hierro.

Fred titubeó por un instante, pero enseguida se decidió a saltar la verja. Sardine lo siguió. En medio del jaleo, Fred estuvo a punto de darle una patada en la cara. Melanie se había encaramado a la verja tras ella. Sardine volvió la vista hacia la caseta del vigilante con preocupación. La luz estaba encendida. Tras el cristal podía vislumbrarse a un hombre sentado leyendo el periódico. El sonido de la radio se extendía por toda la obra.

—¡Vosotros quedaos ahí! —bramó Fred dirigiéndose a Steve y a Torte cuando éstos se disponían a saltar la verja.

Willi había echado a correr hacia las excavadoras con la vara de hierro en la mano.

—¡Malditos trastos! —gritó—. ¡Malditos trastos asquerosos! —Y golpeó con todas sus fuerzas el faro de una de las excavadoras. Los pedazos saltaron a los pies de Fred y Sardine.

—¡Basta, Willi! —gritó Fred, sujetándole el brazo.

Sardine trató de arrebatarle el palo de la mano, pero Willi siempre había sido el más fuerte de todos ellos. Se zafó de los dos sin mayores dificultades, se abrió camino a trompicones y rompió en mil añicos el segundo faro.

—¡Willi! —exclamó Melanie, interponiéndose entre la excavadora y él—. ¡Willi, para, por favor! ¡Te vas a meter en un lío!

Pero en aquella ocasión no logró disuadirlo.

—¡Déjame! —le espetó Willi. Luego se subió en la ex-

cavadora, se agarró fuerte y golpeó el parabrisas. Sardine oyó el estruendo del cristal al saltar en pedazos.

—¡Ayúdame! —gritó Fred.

Desesperados, los dos intentaron escalar por la excavadora para arrastrar a Willi hasta el suelo, pero él comenzó a soltarles patadas y a empujarlos con la mano que le quedaba libre.

—¡Fred! —gritó Torte a través de la verja—. ¡Fred, cuidado, que viene el vigilante!

El vigilante.

Se habían olvidado de él.

La radio continuaba rugiendo a todo volumen, pero en un momento dado él debía de haber oído algo. Se abrió la puerta y el guarda salió corriendo con un bate de béisbol en la mano. Sin embargo, cuando vio que quienes se habían colado en las obras no eran más que unos niños, se detuvo en seco, indeciso. Luego descubrió a Willi en la excavadora. El chico continuaba descargando su rabia contra el parabrisas.

—¡Eh! —gritó el vigilante, y echó a correr hacia la máquina—. ¿Te has vuelto loco? ¡Baja de ahí ahora mismo! ¡Suelta ese palo!

—¡Willi, lárgate! —gritó Fred.

Éste, con ayuda de Melanie y Sardine, fue a cortarle el paso al guarda.

—¿Qué estáis haciendo aquí? —gritó mientras trataba de zafarse de todos ellos—. ¿Es la nueva diversión de los domingos, destrozar excavadoras?

El vigilante, fuera de sí, logró liberarse, empujó con el mango del bate a Fred, que cayó al suelo, y salió disparado hacia la excavadora.

Cuando Willi vio que se acercaba, se detuvo. Soltó la

vara de hierro, saltó a la cabina del conductor y bajó por el otro lateral.

Fred, Melanie y Sardine volvieron a interponerse en el camino del vigilante, que de pronto se quedó clavado, como si le hubiera dado un pasmo, mirando hacia el lugar por donde Willi trataba de escapar.

—¡Eh, yo te conozco! —bramó—. ¡Vuelve aquí, sé quién eres!

Willi salió escopetado de detrás de la excavadora y corrió hacia la verja sin volver la vista atrás. Torte y Steve se subieron a la puerta para ayudarlo a saltar. El guarda continuaba en la misma posición, como si se hubiera quedado pegado al suelo. Se pasó la mano por el pelo y siguió a Willi con la mirada, que ya estaba en lo alto de la verja.

—¡Yo te conozco, chaval! —exclamó de nuevo el vigilante—. ¡Ya puedes correr! ¡Sé perfectamente quién eres!

—¡Vamos! —dijo Fred, tirando de Sardine y de Melanie hacia la puerta. Sardine miraba constantemente hacia atrás, pero el vigilante no les prestó la menor atención. Sólo tenía ojos para Willi. Éste rechazó cualquier ayuda, saltó al suelo y echó a correr como un poseso hacia el bosque.

—¡Venga, larguémonos de aquí! —gritó Torte cuando Fred y las chicas saltaron la verja.

—¡Eso, largo de aquí! —exclamó el guarda mientras examinaba los faros destrozados—. ¡Fuera de aquí si no queréis que me quede con vuestras caras!

Las Gallinas y los Pigmeos escaparon juntos de allí a todo correr. Trude sollozaba y Wilma estornudaba sin parar en el pañuelo.

—¡Eh, Steve! —dijo Fred entre jadeos mientras regresaban a la cabaña—. ¿No viste nada de esto en tus cartas?

—¡Vaya mierda! —protestó Steve casi sin aliento—. ¡Nos hemos metido en un buen lío! ¡En un lío bien gordo!

—¡Con lo que debe de costar el parabrisas de esas excavadoras! —susurró Melanie, que comenzó a andar cada vez más y más deprisa, tanto que llegó un momento en que los demás casi no podían seguir su ritmo.

—¡Eh, Meli, no corras tanto! —exclamó Sardine—. Ahora ya no sirve de nada.

Pero Melanie no le hizo caso. Ni siquiera le importaba que se le ensuciaran los zapatos, ni que los pantalones se le rompieran con las espinas de las zarzas. Caminaba cada vez más y más deprisa a través del bosque, como si alguien la persiguiera.

—Como se entere el padre de Willi —murmuró Torte—, le va a dar una tunda...

Trude lo miró, horrorizada.

—No volverá a su casa —dijo Fred.

Llegaron resollando a la charca. Melanie ya estaba trepando por las escaleras.

—¡No está aquí! —exclamó desesperada.

—Claro, ¿qué creías? —respondió Torte, y empezó a revolver los trastos que habían ido amontonando.

—Pero entonces, ¿adónde ha ido? —preguntó Frida, que alzó la vista hacia Melanie con aire de preocupación. Ésta se sentó en la plataforma vacía y se echó a llorar.

—Falta la linterna grande —anunció Fred—. Y un saco de dormir.

Buscaron a Willi hasta que se hizo de noche, primero a pie por el bosque y luego con las bicis. Llamaron a su casa y a casa de su hermana mayor, que se había ido a vivir a un piso ella sola hacía un año, pero no hallaron ni rastro de Willi. En ninguna parte.

Cuando cayó la noche y ya no se les ocurrían más lugares, abandonaron la búsqueda. Las pertenencias de los Pigmeos continuaban amontonadas a la orilla de la charca.

—Intentaré convencer a mi padre para que haga dos viajes —dijo Fred cuando iban de regreso hacia el bosque, todos cabizbajos—. Total, tenía que venir igualmente.

—¿Podemos ayudaros en algo más? —preguntó Frida. Pero Fred negó con la cabeza.

—No, dejadlo, id a ver a las gallinas. Todavía tenéis que pasar por allí a echar un vistazo, ¿no?

—Sí —murmuró Sardine—. Entonces nos vemos mañana.

En silencio, las chicas arrastraron de nuevo las bicis hasta la calle.

—No hace falta que vayamos todas a la caravana —comentó Sardine—. Se ha hecho bastante tarde y a lo mejor tenéis que volver a casa —añadió, mirando a las demás—. Pero si al menos una pudiera acompañarme... Es que está muy oscuro.

—Yo no sé si... —Melanie comenzó a sollozar de nuevo.

—Tú te vas a casa —dijo Frida pasándole el brazo por encima de los hombros—. Ya iré yo con Sardine a ver a las gallinas.

—Vale. Yo también tengo que volver —dijo Wilma—. Mi padre quiere que hagamos unos ejercicios de mates. Supongo que me va a echar la bronca por llegar tan tarde.

Trude comenzó a escarbar con el pie en el barro, avergonzada.

—Yo es que quería ir al cine con Paolo porque ya se va mañana, pero...

—Pues venga —dijo Sardine arrastrando su bici junto a la de Frida—, entonces nos vemos mañana. A ver si con un poco de suerte es un día menos accidentado.

Las gallinas estaban tan campantes en su nuevo cobertizo. Cuando Sardine alumbró con la linterna para contarlas, comenzaron a protestar como si no hubieran tenido nada que llevarse al pico en las últimas dos semanas.

—Menos mal —suspiró Sardine—. Están todas.

—¡Menudo alboroto! Se comportan exactamente igual que en casa de tu abuela —dijo Frida, tapando con un tablón el agujero que comunicaba con el corral. Y arrastró hasta allí también una piedra grande como medida de precaución contra posibles intrusos—. Wilma tenía razón —añadió Frida en voz baja cuando salieron del cobertizo—. Este lugar es un poco tenebroso.

Las siluetas de los árboles negros se alzaban hacia el cielo. La farola más cercana estaba a un buen trecho por la carretera. Sólo se atisbaba el resplandor de las estrellas y, de cuando en cuando, la luz de la ventana en alguna casa.

—¿Has oído eso? —susurró Frida, agarrándose al brazo de Sardine.

—¿El qué? —preguntó Sardine mientras cerraba el cobertizo. Había instalado dos cerrojos en la puerta, uno abajo y otro en el medio, por si acaso.

—No sé —murmuró Frida, y echó un vistazo a su alrededor.

—Bah, venga. —Sardine se rió en voz baja—. ¿Quieres que entremos en la caravana?

—No —dijo Frida, un poco asustada—. Vámonos a casa.

Juntas atravesaron la hierba húmeda de rocío hasta llegar a la calle. Sardine cerró el portillo con un trozo de alambre.

—¿A quién le toca venir a darles de comer mañana? —preguntó Frida mientras recorrían la oscura carretera.

—A Melanie y Trude —respondió Sardine—. Y no creo que vaya a haber mucha más luz que ahora.

—El invierno es un asco —murmuró Frida.

—Sí, pero al menos tenemos un cuartel para la pandilla —señaló Sardine—. No como los chicos, que mañana se quedarán sin su cabaña por mucho que una excavadora tenga el parabrisas y los faros rotos.

—Prefiero no pensarlo —murmuró Frida.

Y de camino a casa las dos se preguntaron dónde estaría Willi y si, al igual que a ellas, le daba miedo la oscuridad.

Al día siguiente Willi no fue al colegio. Tampoco había ido a su casa a dormir. Fred había llamado un par de veces y al final Steve decidió decir que estaba en su casa para que la madre de Willi no se preocupara. Sin embargo, aquella mentira no les había llevado muy lejos.

Precisamente ese lunes por la mañana tenían un examen de mates.

Fred se pasó la mitad del tiempo mirando fijamente al cuaderno, y Steve y Torte tacharon una y otra vez lo que escribieron.

A las Gallinas tampoco les salieron mejor las cosas.

Sardine no paraba de darle vueltas a la cabeza porque la abuela Slättberg había telefoneado justo antes del desayuno.

—En mi casa no hay sitio para los ladrones de gallinas —le había espetado a Sardine en un tono muy áspero—. A partir de este momento te prohíbo que entres en mi casa y en mi jardín.

Sardine incluso podría haberse alegrado al recibir la noticia: a fin de cuentas, gracias al castigo no tendría que

volver a cavar en aquella tierra fría. Sin embargo, no puede decirse que estuviera contenta ni mucho menos. Melanie se pasó toda la mañana hablando de su pelo, muy nerviosa. Luego Frida se acercó a ella antes del examen con un frasco de aceite de árbol de té y se lo puso sobre el pupitre, recomendándoselo como un remedio para los granos infinitamente más eficaz que cualquiera de las cremas que costaban un ojo de la cara. Melanie le soltó tal bufido, que Frida no volvió a dirigirle la palabra en toda la mañana. Y es que todos sabían qué le sucedía a Meli. Su mal humor no tenía nada que ver ni con las mates ni con los granos. Lo que ocurría era que su casa había quedado reducida a unas cuantas cajas de mudanza que ocupaban todas las habitaciones: aquel lunes su familia iba a trasladarse al piso nuevo. Y encima, un examen de mates, que desde luego no entra en el tipo de cosas que ayudan a levantar el ánimo.

Trude pasaba constantemente la mirada de los ejercicios a la ventana, y no podía dejar de pensar que, mientras ella estaba allí sentada intentando resolver los problemas, su primo viajaba de regreso a casa. Wilma estaba inclinada sobre su cuaderno entre estornudos y arranques de tos, y se preguntaba cuál de las dos cosas acabaría antes con ella, si la gripe o el estrés del cole. Y Frida, Frida detestaba los lunes en general y, además, lo sucedido con Willi le había afectado casi tanto como a los Pigmeos. De modo que aquel lunes ninguno de ellos se sentía capaz de pensar en las mates.

En el descanso, las Gallinas y los Pigmeos se sentaron en la repisa de la ventana todos juntos, con las caras largas, a contemplar la lluvia. Estaban escuchando el repiqueteo del agua al chocar contra el suelo, como si el cielo

contuviera una gran regadera, cuando apareció la señorita Rose. Seguía teniendo la nariz roja y la voz más ronca de lo normal, pero lógicamente no se iba a quedar en casa por eso.

—Ayer, en la chatarrería, apareció una excavadora con señales de vandalismo —dijo—. Y resulta que esta mañana, cuando estaba a punto de tomarme el café, me llama la madre de Willi medio llorando porque su hijo no ha vuelto a su casa en toda la noche, y además ha recibido una llamada del guarda de la chatarrería quien asegura que su querido hijito destrozó la excavadora.

—Qué tontería —murmuró Steve sin mirar a la señorita Rose—. ¿Y de dónde se ha sacado esa historia?

—Pues da la casualidad de que el vigilante ha trabajado con el padre de Willi en algunas obras —explicó la señorita Rose—. Algunas veces pasaba a recogerlo por su casa y de eso le suena la cara del salvaje de su hijo.

—Bueno, pues si el hijo es un salvaje, el padre ya no digamos —gruñó Fred, contemplando el patio del colegio a través del cristal mojado.

—Para describir al padre de Willi harían falta adjetivos aún más expresivos —respondió la señorita Rose—. Al parecer, Willi fue visto durante el ataque a la excavadora en compañía de unos cuantos amigos, chicos y chicas. Erais vosotros, ¿no es así? ¿Podéis hacer el favor de explicarme lo que ocurrió? ¿Sabéis decirme dónde está Willi para ver si así puedo tranquilizar a su madre?

—Querían destruir nuestra caba... —Pero Steve no llegó a pronunciar una sílaba más. Fred le arreó un codazo tan fuerte que se cayó de la repisa de la ventana. Indignado, volvió a subirse en la repisa.

—Ajá. Chatarrería, cabaña, excavadoras... Ya entien-

do —asintió la señorita Rose—. Gracias, Steve. Así que no fue ninguna acción de «es domingo por la tarde y me estoy aburriendo». Al menos es un consuelo. ¿Y puede saberse dónde está ahora el defensor de la cabaña?

Ni los Pigmeos y ni las Gallinas la miraron. Los que no bajaron la cabeza, desviaron la vista hacia la ventana.

—Si sabéis dónde se ha escondido tenéis que decírmelo, por favor, ¡después pensaremos en alguna solución! —insistió la señorita Rose—. El parabrisas de una excavadora tampoco cuesta ninguna fortuna, y la madre de Willi me ha contado que un amigo del padre de Willi podría cambiarla por un precio razonable. El guarda no piensa presentar denuncia. De modo que...

—No sabemos dónde está —dijo Frida, alzando la vista—. De verdad, señorita Rose, no lo sabemos.

—Pero aunque lo supiéramos, tampoco lo diríamos —gruñó Fred sin mirar a nadie—. Uno no se puede fiar del padre de Willi, eso usted lo sabe perfectamente.

La señorita Rose suspiró y comenzó a juguetear con su collar con gesto nervioso.

—Sí, ya lo sé —admitió—. Pero su madre está muy preocupada y...

—Sí, bueno, preocupada lo está siempre —dijo Steve—. Pero luego no hace nada cuando el padre de Willi le pega una paliza a su hijo.

—Pero si le pega hasta por decir mentirijillas —intervino Torte—. ¿Qué cree usted que pasará ahora que Willi ha destrozado el parabrisas de una excavadora y no ha vuelto a casa por la noche? Si yo fuera Willi, ¡tampoco volvería a casa a dormir!

—Sí, pero entonces, ¿dónde está? —exclamó Melanie—. ¿Os lo habéis planteado? Mirad el tiempo que hace

ahí fuera. Como esté vagando por ahí sin saber adónde ir acabará poniéndose enfermo.

—¡Por favor! —La señorita Rose los fue mirando uno por uno—. Os ruego que en cuanto sepáis algo de él vengáis enseguida a contármelo. Yo no lo delataré. Palabra de honor.

Los chicos la miraron con aire de desconfianza.

—No pongáis esa cara —dijo Sardine—. Cuando la señorita Rose da su palabra, siempre cumple su promesa.

—¡Gracias, Geraldine! —La maestra suspiró.

—De momento dígale a la madre de Willi que está en casa de Steve —murmuró Fred—, así se quedará más tranquila. A nosotros no nos ha creído, pero si se lo dice usted... Es que si no a lo mejor va a la policía.

La señorita Rose asintió.

—De acuerdo. Pero no pienso entrar en este juego de las mentiras por mucho tiempo. —Luego bajó el tono de voz y añadió—: Si alguien se entera, estaré en un lío de los grandes.

—A la salida del cole seguiremos buscándolo —dijo Steve—. Según las cartas, está en algún sitio bajo los árboles.

—¿Las cartas? —La señorita Rose lo miró extrañada.

—Bah, no le haga caso. —Fred saltó de la repisa de la ventana—. Nos pondremos a buscarlo y las Gallinas nos ayudarán, ¿verdad?

—Claro —dijo Sardine, y también bajó de un brinco de la repisa—. Pero antes tenemos que ir sin falta a echar un vistazo a... —Se mordió la lengua justo a tiempo.

—¿A echar un vistazo a qué? —preguntó la maestra.

—Eh, a las, a las... —tartamudeó Trude.

—A las ruedas, sí, a las ruedas de las bicis —terminó

Wilma rápidamente—. Es que las tenemos bastante deshinchadas.

—Ya. —La señorita Rose sacudió la cabeza y dio media vuelta—. No os preocupéis, no tengo el menor interés en que me contéis vuestros secretos de pandillas —aseveró.

—¿No sería mejor que buscáramos por separado? —susurró Sardine a Fred cuando la señorita Rose ya no los oía—. No sirve de mucho que rastreemos el terreno todos en manada, ¿no?

—Sí, es verdad —murmuró Fred.

—De todas formas ya no se me ocurre dónde podemos buscar —dijo Steve.

A los demás les sucedía lo mismo.

—Trude y yo hemos decidido que la próxima vez que vayamos a dar de comer a las gallinas de noche, cogeremos prestado al perro de su vecino —les explicó Melanie a las demás cuando llegaron ante el seto de espino blanco.

—Sí —continuó Trude—, porque esta mañana hemos pasado muchísimo miedo. ¡Cuántos ruidos se oían! Parecía como si algo se deslizara entre la hierba. —Al evocar el momento sintió un escalofrío.

—¡Oh, no! ¡Podría ser el zorro! ¡O un hurón! —Sardine apoyó la bicicleta en el seto y sacó del portaequipajes la bolsa de restos de verduras que Fred le había llevado al colegio—. Voy a ver si encuentro huellas.

—A mí también me pareció oír algo ayer por la noche —corroboró Frida mientras abría el portillo—. A lo mejor son ratas de agua. ¡No tiene por qué ser un zorro o una comadreja!

—¿Ratas? —exclamó Wilma asustada, mirando a su alrededor con cierta inquietud.

—Ratas de agua —precisó Trude—. ¡Pero si son monísimas!

—¿Monísimas? —protestó Melanie, y comenzó a caminar entre la hierba alta con pies de plomo, como si en cualquier momento pudiera pisar uno de aquellos animales.

Las gallinas empezaron a protestar en cuanto avistaron a las chicas en la explanada y se apelotonaron ante la valla con gran nerviosismo.

—Bueno, las gallinas atraen a las ratas —explicó Sardine—. Para las ratas es una manera sencilla de encontrar comida. Los granos de pienso que quedan por ahí, los huevos crudos... —Echó un vistazo a su alrededor—. A lo mejor deberíamos poner unas cuantas trampas en la hierba, alrededor del corral.

—Para que luego metamos nosotras el pie, no gracias —replicó Melanie.

—¡Es imposible que otra vez tengan hambre! —dijo Trude. Pero las gallinas descubrieron la bolsa de Sardine y armaron un terrible revuelo saltando unas encima de otras y apartándose mutuamente de la valla a picotazo limpio. Mientras las gallinas se peleaban por las verduras, Frida entró en el gallinero para ver los huevos. Encontró diez sobre la paja.

—Bueno, parece que se han adaptado perfectamente —afirmó Sardine, que recogió los huevos y se dirigió a la caravana. Las demás la siguieron.

—¿Creéis que podríamos tomar un té antes de que empecemos a buscar a Willi de nuevo? —preguntó Wilma.

—¡Uf, si además no creo que lo encontremos! —sus-

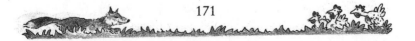

piró Trude mientras subía los escalones de la entrada—. Si ni siquiera lo consiguen los Pigmeos... —Sacó la llave del bolsillo de sus pantalones y se quedó paralizada.

—¿Qué pasa? —preguntó Sardine, dejando los huevos en la hierba.

Trude bajó las escaleras a toda prisa y se arrimó a las demás.

—¡Alguien ha forzado la cerradura! —musitó casi sin aliento—. Lo han hecho con un cuchillo o algo así.

Las demás la miraron estupefactas.

—¿Y... y..., y ahora qué hacemos? —tartamudeó Trude, dirigiendo una mirada temerosa hacia la ventana oscura, tras la cual no se percibía movimiento alguno. La caravana presentaba el aspecto tranquilo de siempre, exceptuando unos cuantos arañazos en la puerta.

—¡Hay que fastidiarse! —gruñó Sardine y, al pronunciar esas palabras, se le formó una profunda arruga en la frente.

—Las gallinas no es que sean precisamente perros guardianes —susurró Melanie—. Seguro que lo único que han hecho ha sido suplicarles comida a los ladrones.

—Bueno, al menos es un alivio que no hayan matado a ninguna —murmuró Wilma.

Sacó su pistola de agua, pero enseguida decidió que era mejor continuar ocultándola con la manga. Así a lo mejor el intruso creería que era de verdad. Estaba claro que él iba armado: como mínimo llevaba un cuchillo.

—Deberíamos llamar a la policía —apuntó Frida con un hilo de voz—. Ni siquiera sabemos cuántos son.

Trude y Wilma asintieron y se volvieron expectantes hacia Sardine, que no cesaba de morderse el labio inferior.

—¿A la policía? ¿Y nuestro robo de las gallinas? Ni

172

hablar. —Dio un paso adelante con determinación y apoyó un pie en la escalera—. Voy a entrar.

—¿Te has vuelto loca? —musitó Frida, agarrándola por el abrigo—. Tiene un cuchillo.

—Pero no me pasará nada malo si sólo asomo la cabeza —le respondió Sardine sin alzar la voz.

Impaciente, se zafó de la mano de Frida y subió las escaleras sigilosamente. Pegó una oreja a la puerta. No se oía ni un ruido, absolutamente nada, aparte del tictac de un feísimo despertador rosa que había llevado Melanie.

Las demás Gallinas observaron sobrecogidas a Sardine mientras ésta avanzaba escalón a escalón. Wilma quiso unirse a ella, pero Sardine le hizo una señal para que se quedara abajo. Luego, con cautela, con muchísima cautela, abrió la puerta de la caravana.

Las otras cuatro contuvieron la respiración en el instante en que Sardine asomaba la cabeza por la puerta. Trude cerró los ojos por si acaso el ladrón se abalanzaba sobre ella con el cuchillo.

—Ay, ya no aguanto más —protestó Melanie.

Sardine se dio la vuelta y dejó la puerta abierta de par en par.

—¡Dentro no hay nadie! —dijo Sardine muy bajito—. Pero encima de la cama hay un saco de dormir. Así que no debe de andar lejos.

Asustadas, todas echaron un vistazo a su alrededor.

—Aquí —dijo alguien—. Aquí estoy. —Y en ese preciso instante apareció Willi tras la caravana.

Melanie se lanzó a sus brazos. La reacción de Sardine, sin embargo, no fue tan cariñosa.

—¿Y cómo sabías dónde estaba la caravana? —le espetó—. ¿Te lo ha contado Meli?

—Pero ¿tú estás chalada? —se revolvió Melanie, indignada—. ¡Yo no le he contado nada a nadie! ¡No he dicho ni mu!

—Lo sabemos todos —respondió Willi mientras se sentaba en las escaleras—. Fred preparó dos de las cajas en las que trajisteis las gallinas hasta aquí.

—¿Cómo que las preparó? —preguntó Wilma.

Willi esbozó una sonrisa burlona.

—Abrió unos agujeritos en el fondo y luego esparció arroz en las cajas. Vosotras fuisteis dejando un reguero de granos de arroz mientras trasladabais a las gallinas hasta aquí; luego nosotros sólo tuvimos que seguir ese rastro. Además, ¡Fred puso el arroz delante de vuestras mismísimas narices!

—Venga ya, no nos tomes el pelo. —Sardine lo miró fijamente, con los labios apretados.

Willi amplió más aún su sonrisa.

—Vosotras no os disteis cuenta. Fred esparció el arroz en las cajas cuando estábamos dentro del gallinero de tu abuela. Si lo hubiera puesto antes, se habría caído todo antes de que salierais de allí con las bicis. Pero vosotras estabais tan ocupadas persiguiendo a las gallinas que ni siquiera os fijasteis en Fred. Torte y él se llenaron los bolsillos del abrigo de arroz para poder echar un buen puñado en cada caja y luego poner a las gallinas encima. Pero las tontas de las gallinas armaron un escándalo tremendo al ver los granos de arroz. Fred empezó a temer que se zamparan todo el arroz antes de que llegarais aquí, así que puso un montón de lechuga en cada caja y al final todo salió perfecto. El rastro que dejasteis era tan claro como si lo hubierais pintado con tiza.

—¡Será traidor! —exclamó Sardine—. ¡Nos había

dado su palabra de que no nos seguiría! ¡Su palabra de honor!

—Sí, claro —dijo Willi guiñando los ojos por el sol—. Pero no os fijasteis en los detalles. Él dio su palabra de honor de que no os seguiría el sábado por la noche, así que esperamos al domingo por la mañana para seguir el rastro de arroz. Llegamos más tarde de lo previsto porque Steve se quedó dormido, pero el reguero todavía se veía claramente. Escondimos las bicis en el bosque, pero Wilma estuvo a punto de descubrirnos cuando vino a dar de comer a las gallinas. Tuvimos el tiempo justo para escondernos detrás del cobertizo y nos quedamos allí esperando una eternidad. ¡Menudo rollo les soltó a las gallinitas de marras! Steve por poco se mea encima de la risa.

Wilma resopló indignada y trató por todos los medios de recordar todo lo que les había dicho a las gallinas.

—Pues yo no me fijé en la pista de arroz —dijo en voz baja—. De verdad que no.

—Genial —gruñó Sardine—. ¡Hace sólo unos días que tenemos la caravana y ya están los Pigmeos haciendo de las suyas detrás del cobertizo! —exclamó, y escupió con rabia en la hierba.

—¿Y qué? —replicó Willi con una mirada insolente—. Vosotras también conocíais nuestro cuartel, ¿no? —Lo que sí siento es lo de la cerradura pero es que ayer no sabía adónde ir. Estaba lloviendo a cántaros y no podía volver a mi casa. Al principio me acurruqué debajo del puente del canal, pero soplaba una ventolera infernal, y en los huertos me topé con un chucho gigante que casi me arranca el culo de un mordisco. Puf, iba calado hasta los huesos y me estaba quedando pajarito. Y de pronto, cuando ya la lluvia me caía a chorro por la espalda, me

acordé de vuestra caravana. —Se pasó los dedos por el pelo y continuó—: Aquí estaba todo negro como boca de lobo, me tropezaba con cada maldito árbol y, encima, la primera vez me pasé de largo el portillo. Pero aquí, en la caravana, se entra en calor enseguida. —Se puso en pie—. No me mires con esa cara, Gallina Jefa —le dijo a Sardine—. Ya me voy. Y además os pagaré la cerradura, aunque en realidad no servía de mucho. Forzarla fue coser y cantar. —Pasó entre Trude y Wilma con la cara muy seria y finalmente se despidió—: Que os vaya bien. A las gallinas les he dado de comer un montón de diente de león; les encanta. Si veis a los demás, decidle a Fred que no me busquen, ¿entendido?

—¡Eh, espera! —Melanie echó a correr tras él y lo agarró del abrigo—. Tu saco de dormir sigue en la caravana. Además, ¿adónde piensas ir ahora? Quiero decir que... —Miró a las demás en busca de apoyo.

Trude se acarició el pelo corto con la mano.

—Por mí, puede quedarse un tiempo —dijo.

—Pues claro —asintió Frida—. ¿Adónde va a ir, si no?

—Podría dar de comer a las gallinas por la mañana —propuso Trude—. Así no tendríamos que venir hasta aquí antes de ir al cole.

Wilma miró a Sardine.

Luego lanzó a Willi una mirada que no podría calificarse precisamente de afable, pero al final se encogió de hombros.

—Por mi parte, que se quede, pero sólo unos días.

Willi se mostró indeciso y miró a Sardine.

—Jo, ¡no me mires así! —exclamó irritada—. No, no me hace especial ilusión tener a un chico rondando por aquí, pero yo no mando sobre las demás. Vosotros obe-

decéis a Fred sin rechistar, pero aquí las cosas no funcionan así. Si las chicas dicen que puedes quedarte, pues no hay más que hablar.

—¡Asunto resuelto! —exclamó Wilma—. Qué, ¿nos tomamos un té después del susto?

Trude soltó una risita.

Melanie arrastró a Willi hacia las escaleras de la caravana.

—Vamos —le dijo—. Tendrás que conformarte, porque nosotras sólo tenemos té.

—Casi siempre —dijo Frida, que les seguía—, aunque a Meli le gustaría que bebiéramos vino caliente todos los días.

Sardine se quedó fuera, delante de las escaleras. Miró hacia la carretera frunciendo el ceño. ¡Debía habérselo imaginado! Debió sospecharlo en el mismo instante en el que Fred se ofreció a encargarse de las cajas. ¡Los Pigmeos nunca hacen algo así por pura amabilidad! Bueno, casi nunca.

—¡Arroz! —murmuró—. ¡Qué truco tan rastrero! —Y sintió un retortijón en la barriga de la rabia que le produjo no haber sido más lista.

En la caravana todo estaba tal y como ellas lo habían dejado. El saco de dormir y una almohada aplastada sobre el colchón eran los únicos indicios que demostraban que Willi había pasado la noche allí. Tímidamente Willi enrolló el saco y ahuecó la almohada con unos golpecitos. Trude tuvo que contener una risita.

—¿Qué crees que pasará cuando Fred descubra dónde estás? —le preguntó Sardine, apoyándose en la mesa—. ¿O es que ya lo sabe?

—¿Cómo lo va a saber? —murmuró Willi, y guardó de nuevo la almohada en el armario de donde la había sacado—. ¿Cómo habéis conseguido la caravana? ¿Os la encontrasteis aquí vacía, sin más?

—El padre de Trude se la regaló —exclamó Frida desde el rincón de la cocina mientras llenaba la tetera de agua—. Después de separarse no quería que la madre de Trude se la quedara.

—Ya. —Willi se sentó en el colchón y miró a su alrededor—. Podríais colgar algún póster. ¿O preferís poner fotos de pollos?

—No te preocupes mucho por la decoración —dijo Sardine—. Éste es nuestro cuartel. Lo de darte asilo es sólo temporal, ¿entendido?

—Entendido. —Willi la miró con cierto sarcasmo—. Y supongo que me pondréis de patitas en la calle si no me comporto como una gallina.

—Tú lo has dicho —dijo Sardine—. Y por cierto, no metas las narices en los armarios.

—¡Bueno, ya está bien, Sardine! —protestó Melanie torciendo el gesto—. No seas tan severa con él, ¡que bastantes problemas tiene ya!

Sardine se encogió de hombros y miró por la ventana.

—Poned las bicis detrás del seto —les dijo a Wilma y a Trude—. Seguro que recibimos más visitas. Fred no tiene ni un pelo de tonto...

Wilma salió disparada con gran entusiasmo. Trude la siguió con bastantes menos ganas.

—Por cierto, Willi, la señorita Rose nos ha contado que el guarda de la chatarrería ha llamado a tus padres —dijo Frida mientras sacaba una tarrina de helado del congelador. Lo habían metido el día anterior. Estaba ya un poco blando, pero de todas formas era delicioso. Melanie la ayudó a repartir aquella pasta informe en seis platos, y esparció virutas de chocolate por encima.

—Sí, ese tipo conoce a mi padre del trabajo —gruñó Willi—. ¡Ya es mala pata que estuviera precisamente él en la caseta!

—Pero a la vez ha sido una suerte. —Melanie le entregó una ración de helado—. Si hubiera sido un desconocido, seguro que habría presentado una denuncia. De esta manera, tu padre podrá arreglarlo todo bajo cuerda y no costará ni la mitad.

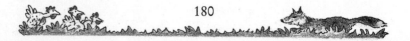

—Aun así saldrá bastante caro —murmuró Willi mientras metía la cuchara en la pasta de helado—. Cualquier otro vigilante podría haber dicho que fue un chico, pero ¿cómo iban a averiguar que había sido yo? Por cierto, esta mañana freí un par de huevos y os cogí unos biscotes. ¿Me podríais dar uno?

—¿Un biscote? Claro. —Melanie voló a la cocina—. ¿Dónde están los biscotes?

Sin que nadie le dijera nada, Frida le puso a Melanie en la mano un paquete de tostadas, embutido y mantequilla.

—Oye, Meli, que el pan lo puede coger él solito —dijo Sardine—. Vas correteando por aquí de un lado a otro como si fueras su criada.

Melanie se puso roja como un tomate.

—¿Y qué pasa? —le replicó a Sardine—. Eres tú la que le ha dicho que no metiera la nariz en los armarios. ¿Cómo va a coger las cosas entonces, eh? —Pasó muy tiesa junto a Sardine con el pan en la mano, se sentó junto a Willi en el colchón y le colocó el plato sobre las rodillas.

—¡Gracias! —murmuró Wiili, y engulló un biscote más rápido de lo que las gallinas de la abuela Slättberg devoraban una hoja de col—. Pero bueno, eso del vigilante da igual —dijo con la boca llena—. De todas formas pensaba escaparme de casa igualmente. Ya puestos, me largo ahora.

—¿Cómo que te largas? —Melanie no salía de su asombro—. Escaparte... ¿Por qué? ¿Cómo?

—Pues en un barco —respondió Willi sin mirarla.

En aquel instante se abrió la puerta y, con la bocanada de frío, entraron también Wilma y Trude.

—Misión cumplida —anunció Wilma, y se dejó caer sobre una banqueta.

Trude tomó asiento junto a ella, y mientras jugueteaba con el aro de la oreja miraba discretamente a Melanie y a Willi.

—¡En un barco, madre mía! —Sardine alzó la mirada con gesto burlón—. ¿Y tú crees que eso puede salir bien? No pensarás que será tan fácil como subir y que te lleven a algún sitio. ¡Seguro que ni siquiera sabes distinguir babor de estribor, o como se llame!

—¡Es que pienso ir como polizón, listilla! —dijo Willi, bastante mosqueado—. Siempre salen noticias en el periódico. Un chico consiguió colarse en un avión como polizón y llegar a Australia. Y no creas que era mucho mayor que yo. Además, yo sólo quiero llegar a Estados Unidos.

—¡Y dale con Estados Unidos! —Frida puso el té sobre la mesa y se sentó con un yogur junto a la ventana—. Aprovecha y haz el viaje con la madre de Sardine.

—No, acuérdate del anuncio de Wilma —dijo Melanie—. A la madre de Sardine se le van a quitar las ganas de irse del país. Aunque también puede que la llamen tantos idiotas que decida darse definitivamente a la fuga.

—Ja, ja, muy graciosa —murmuró Sardine—. ¿Y si cambiáramos de tema? —Y se volvió de nuevo hacia Willi—. No puedes entrar en Estados Unidos así como así, o sea que quítate esa idea de la cabeza. Ni siquiera los adultos pueden hacerlo. Créeme, estoy muy bien informada, mi madre no habla de otra cosa.

—¡Eh, callaos un momento! —Con un rápido movimiento, Wilma dejó el té en la mesa y apretó la nariz contra la ventana—. Hay alguien ahí fuera.

—¿Dónde? —Trude, exaltada, se precipitó hacia la ventana y miró por encima de la cabeza de Wilma—. ¡Pero si son los chicos! —exclamó—. ¡Los tres!

—¡Quitad de ahí! —Sardine las apartó de la ventana e inmediatamente cerró las cortinas. Luego se quedó espiando por una estrecha rendija.

—¿Vienen hacia aquí? —preguntó Trude entre susurros.

Sardine asintió.

—¡Será posible! —suspiró Melanie—. ¡No querréis que ahora nos pongamos a jugar al escondite con ellos! ¡Que no somos párvulos!

Las otras cuatro no le hicieron ni caso, se apiñaron detrás de las cortinas y acecharon por la rendija.

—¡Traen cara de estar maquinando algo peligroso! —susurró Wilma.

—¡Chsss! —siseó Sardine—. ¡Pobre de ti como abras la boca! —musitó dirigiéndose a Willi—. ¡Un solo ruido y ya puedes despedirte del asilo!

Willi respondió encogiéndose de hombros. Melanie dirigió una mueca a Sardine y deslizó la mano debajo de la de Willi. Él no la retiró. Sardine ni siquiera tuvo tiempo de pararse a pensar en lo que acababa de ver. Se levantó de un salto, se dirigió de puntillas a la puerta y arrimó la oreja.

—¡Esto no tiene ni pies ni cabeza! —se oyó la voz de Torte en el exterior—. ¿Por qué iba a esconderse aquí? ¡Las chicas se pasan todo el día en la caravana!

—¡No me digas, señor sabelotodo! Entonces ¿dónde están ahora? —El que hablaba era Fred—. ¿Willi? —gritó—. ¿Willi, estás ahí?

Sardine le lanzó a Willi una mirada de advertencia. Él se llevó el dedo a la sien y le dio a entender por gestos que estaba loca.

—¡Mirad la caravana! —exclamó Steve al detenerse jus-

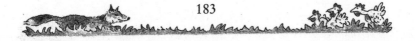

to delante de la ventana—. ¡Hala, es el mejor cuartel que he visto nunca! Y ahora encima tienen las gallinas como mascotas de verdad. Yo creo que nosotros también deberíamos hacernos con alguna mascota. Lo ideal, por supuesto, sería algún animal exótico, una araña venenosa con las patas peludas o algo así. Pero una rata domesticada tampoco estaría mal. Sí, eso, una rata de laboratorio. Podríamos rescatarla de las manos de esos científicos sádicos que experimentan con ellas. ¿Qué os parece? Sería guay, ¿no?

—Vuelve a la tierra, Steve. De momento ni siquiera tenemos un cuartel —bufó Fred—. ¿Cómo vamos a cuidar de un animal, eh?

—Bueno, podríamos hacer turnos para llevárnoslo a casa. —Steve atisbó por la ventana, pero no descubrió a las chicas tras la cortina.

—¡Sí, claro! —Torte soltó una carcajada—. ¡Una rata doméstica! Mi madre se subiría a una mesa y se pondría a chillar como loca. Si hasta le dan asco los ratoncitos...

—¿Queréis cerrar el pico de una vez? —gruñó Fred, y subió las escaleras de la caravana—. Eh, mirad esto. Alguien ha forzado la cerradura. Esto parece obra de la navaja de Willi... —Buscó a su alrededor con la mirada.

—¡También puede ser que las tontas de las Gallinas hayan perdido las llaves y no les haya quedado más remedio que forzar la cerradura! —dijo Steve en voz baja—. Yo creo que deberíamos largarnos de aquí.

—Bah, ¡eres un miedica! —le dijo Torte—. ¿Qué pasa? ¿Te da miedo que nos descubran y que nos ataquen a picotazos?

Wilma se tapó la boca con la mano para no reírse. Trude se mordió la manga del jersey. Y Willi tiró el plato con el helado derretido de la cama. Sin querer, por supuesto.

—¡Un momento! —dijo Fred afuera—. He oído algo.

Sardine fulminó a Willi con la mirada.

—¿Willi? —exclamó Steve con la voz temblorosa—. ¿Willi, eres tú?

—Eh, Sardine, basta ya de tonterías, ¿no te parece? —gruñó Willi.

Sardine le hizo un gesto a Wilma con la cabeza. Entre las dos abrieron la puerta tan repentinamente que Fred cayó hacia atrás, escaleras abajo, y aterrizó a los pies de Steve. Acto seguido Wilma lo remató lanzándole a la cara un chorro de agua con su pistola y caló de arriba abajo a los tres Pigmeos con rapidez y magnífica puntería.

—¡Eh, tú te has tragado demasiadas pelis del Oeste! —protestó Steve, limpiándose las gotas de agua de las gafas—. Mucha pose de sheriff, pero la pistolita es de niños pequeños.

—Elige un árbol, mandamás de los Pigmeos —exclamó Sardine desde lo alto de la escalera—. Y así enterraremos debajo tu palabra de honor.

—¡Eso son tonterías gallineras! —replicó Fred mientras se recomponía y se limpiaba la cara con la manga—. Yo he cumplido mi palabra. Lo que pasa es que tú no te fijaste bien.

—¡Mentira podrida! —le recriminó Wilma en tono de desprecio. Seguía empuñando la pistola, que continuaba goteando—. Eso es una mentira podrida. Tú nos diste tu palabra de honor de que no nos espiarías y no lo has cumplido y punto.

—Sólo hemos venido aquí a buscar a Willi —adujo Steve, indignado.

—¡Olvidadlo! —gruñó Torte, y escupió en la hierba—. Las chicas ni lo entienden ni lo quieren entender.

En ese preciso instante, Melanie apartó la cortina y Willi apareció en la ventana con la nariz aplastada contra el cristal de metacrilato y la lengua fuera.

—¡Pero si está ahí! —se sorprendió Steve—. Vaya, Fred, tenías razón: ha acudido a las Gallinas en busca de refugio.

Los Pigmeos se abalanzaron hacia las escaleras a empujones.

—¡Alto ahí! ¿Adónde creéis que vais? —dijo Sardine, quien les cerró el paso con la ayuda de Wilma—. ¡No permitiremos que metáis vuestras pezuñas aquí dentro!

—¡Basta ya, Sardine! —Frida le dio un empujón en la espalda.

Sardine los dejó pasar de mala gana. Wilma guardó parsimoniosamente su pistola antes de apartarse a un lado.

—¡Eh, mirad esto! ¡Qué pasada! —exclamó Steve al entrar en la caravana. Maravillado, recorrió con la mirada toda la estancia. Fred se limitó a fruncir el ceño, pero no pudo resistir la tentación de echar un vistazo a su alrededor.

—Bueno —murmuró Torte, tras examinar las estrellas que había pintadas sobre sus cabezas—, es un poco cursi. Yo habría pintado unas cuantas naves espaciales, pero la colchoneta de ahí detrás no está nada mal. Es justo el tamaño que me gusta —sentenció, y miró a Frida, que estaba apoyada en el frigorífico con los brazos cruzados.

—Otro comentario de machito —le gruñó Sardine— y saldrás disparado por esa puerta, ¿entendido?

—Deja de dar la paliza, Torte. —Fred se sentó a la mesa junto a Willi.

Melanie se levantó y fue hacia el frigorífico. Willi la siguió con la mirada.

—Eh, tío, me alegro de que te hayamos encontrado —dijo Fred dándole una palmadita en el hombro—. Ya creía que nunca más volveríamos a verte.

Willi se acarició el pelo con un gesto tímido.

—¿Ya han empezado las excavadoras? —preguntó.

Fred asintió.

—Hemos pasado un momento por allí al salir del cole. El espectáculo es desastroso.

—Han arrasado con todo —añadió Steve acercándose a Fred—. Ya han conseguido una excavadora nueva. La que destrozaste está en la chatarrería muriéndose de asco. También han rellenado ya la charca. Había unas cuantas ranas brincando por allí muertas de miedo. Las hemos cazado y las hemos llevado al estanque del abuelo de Fred, pero las muy tontas vuelven siempre a donde han nacido, pobrecillas. Si consiguen atravesar la calle sin que las aplaste un coche, se tendrán que ir a poner sus huevos de gelatina a una montaña de basura. —Steve suspiró. Las ranas eran sus animales favoritos. Algunas veces se había pasado horas sentado a la orilla de la charca viéndolas nadar en aquellas aguas negras. Pero todo eso había terminado.

—A mí se me cruzaron los cables por completo —murmuró Willi—. Sí, se me cruzaron los cables.

—Tendrías que haberles metido azúcar en el depósito —dijo Torte—. Se carga los motores al instante.

—¡Eso, venga! —Fred lo miró irritado—. Y así habría estado pagando el trasto hasta después de jubilarse. Torte, deja de decir chorradas, ¿vale? —Se volvió de nuevo hacia Willi y le rodeó los hombros con el brazo—. A tu padre no le saldrá muy cara la reparación —dijo.

—Sí, ya me lo han contado —murmuró Willi, que se quedó con la mirada perdida.

Melanie volvió a sentarse a la mesa y se volvió hacia él con aire de preocupación.

—¿Y qué pasará ahora? —Torte se lanzó sobre el colchón grande. Cuando Frida lo miró, él hizo una mueca. Antes Frida siempre se reía al ver las muecas de Torte, pero en ese momento se dio media vuelta irritada, abrió la puerta de la caravana y se sentó en las escaleras.

—Eh, Frida, que entra frío —protestó Wilma.

—No exageres —intervino Trude, sentándose junto a Frida—. Un poco de aire fresco no hace daño a nadie, ¿no crees?

Frida sonrió y las dos se quedaron contemplando a las gallinas, que picoteaban y escarbaban ajenas a todo cuanto sucedía.

—Le hemos dicho a Willi que puede quedarse aquí un tiempo —le dijo Sardine a Fred—. Hasta que su padre se calme.

—Pues la cosa puede ir para largo —dijo Steve—, porque igual no se calma nunca. —Con el gesto sombrío sacó las cartas del bolsillo de su abrigo y comenzó a echar una tirada.

—¡Guarda eso! —dijo Fred, crispado.

Steve volvió a guardarse las cartas en el bolsillo con un gesto de resignación.

—¿Y cómo sabremos si su padre está más tranquilo? —preguntó Torte al tiempo que se incorporaba en el colchón.

—¡Bah, dejadlo ya! —Willi se levantó y fue hacia la puerta de la caravana—. De todas formas no pienso volver a casa.

—¿Y tu madre qué? —le preguntó Frida.

Willi agachó la cabeza y le dio una patada al marco de la puerta.

—¡Eh, que esto no es ninguna excavadora! ¡Es nuestra caravana! —protestó Sardine.

—Perdón —farfulló Willi. Y se quedó con la vista perdida.

—¿Podemos decirle a la señorita Rose dónde estás para animar un poco a tu madre? —preguntó Fred.

—Desde luego, tú te has vuelto loco. —Willi se volvió con cara de asombro—. Si haces eso, mi viejo no tardará ni una hora en presentarse. No le digáis nada a nadie hasta que yo no haya decidido qué voy a hacer, ¿entendido?

—De acuerdo. —Fred se encogió de hombros.

Todos se quedaron en silencio.

—¿Y qué... —Wilma se ajustó la diadema—, qué pasará si se descubre que nosotras estamos escondiendo a Willi? ¿Nos involucrarán en lo de la excavadora?

—¿Qué más da? —preguntó Frida, volviendo la cabeza hacia ella.

—El mundo entero está lleno de problemas —aseveró Trude mientras le daba vueltas al pendiente. El agujero ya no le dolía nada de nada.

Sucedió a la mañana siguiente, durante el primer recreo. Le tocaba vigilar a Eisbrenner y, como de costumbre, no se enteró de nada porque estaba de cháchara con el conserje, fumando un cigarrillo detrás de otro. El padre de Willi irrumpió en el patio del colegio, se abrió paso a fuerza de empujones entre los niños que jugaban por allí y recorrió el patio con una mirada propia de quien se propone matar a alguien. Wilma fue la primera que reparó en él.

—Eh —le susurró a Sardine al oído—. ¿No es ése el padre de Willi?

En ese momento Sardine estaba jugando a la goma con Melanie y Frida.

—¿Quién? —preguntó.

—¡Es verdad! —Melanie soltó la goma tan rápido que la tira chasqueó contra la pierna de Frida—. ¿Qué está haciendo aquí?

—Montar una bronca —afirmó Frida, desenredándose la goma de las piernas—, seguro.

—¡Vamos! —Sardine echó a correr—. ¡Tenemos que avisar a los chicos!

—¿Qué pasa? —exclamó Trude, que estaba pintándose las uñas por primera vez en su vida sentada sobre un contenedor de basura. Ella nunca jugaba a la goma porque siempre acababa jadeando como un paquidermo asmático.

—¡El padre de Willi ha entrado como un loco en el patio! —le gritó Frida. Y un instante después se mezclaron las tres con la muchedumbre del recreo.

—¡Eh, esperad! —gritó Trude, que saltó precipitadamente del contenedor y se manchó todos los pantalones con esmalte de uñas.

Sardine iba dando bandazos de un lado a otro del patio mientras corría. De vez en cuando daba saltitos para intentar ver algo. Los mayores estaban por todas partes y le tapaban la vista. Los chicos no estaban jugando al fútbol detrás del gimnasio, ni tampoco estaban en los columpios trepando por el arco grande. ¿Dónde se habían metido?

Por suerte, el padre de Willi tampoco los había encontrado. Sardine lo vio buscando detrás de la valla. Y entonces avistó a los Pigmeos a tan sólo unos metros del padre de Willi. Fred y Steve estaban de espaldas a él y Torte sólo tenía ojos para el balón al que daba patadas sin parar.

—¿Por qué corremos tanto? —resolló Trude casi sin aliento cuando por fin alcanzó a las demás.

—Porque me huelo lo peor —respondió Sardine mientras se deslizaba entre el gentío del patio hacia la valla—. Sólo hay que verle la cara.

En aquel instante el padre de Willi estaba justo detrás de Fred.

—¿Y quién vigila? ¡No hay nadie por ninguna parte! —exclamó Melanie—. Maldito Eisbrenner. ¡Siempre se escaquea!

El padre de Willi cogió a Fred por el pescuezo como si fuera un conejo. Los demás Pigmeos acudieron aterrados en su ayuda, pero el padre de Willi los tiró al suelo de un empujón.

—¡Será bestia! —gritó Sardine.

Tanta era la rabia que sentía que apenas le llegaba el aire. Sin pensarlo dos veces, recorrió a toda velocidad los últimos metros que la separaban del padre de Willi. Él no la vio acercarse. Estaba demasiado atareado pegándole zarandeos y voces a Fred.

Sardine se abalanzó sobre la espalda del hombre con tanto ímpetu que lo derribó. El padre de Willi soltó a Fred y cayó en un charco. Sardine también acabó en el suelo y paró el golpe apoyando una rodilla en el asfalto mojado. El padre de Willi se incorporó soltando palabrotas, con las manos y los pantalones llenos de barro. Se dio la vuelta furibundo, y entonces vio a Sardine, que también se estaba levantando en ese momento.

—¿Has sido tú? —bramó mientras intentaba agarrarla, pero de pronto Fred apareció junto a Sardine y se la llevó hacia donde estaban los demás.

—¡Será mejor que nos larguemos! —dijo Steve, pero se quedó junto a Fred, dando la cara.

Sardine se percató enseguida de que a Fred le temblaba todo el cuerpo. Él también había caído al suelo cuando ella asaltó al padre de Willi. De hecho le sangraba la mano, pero en ese momento el rasguño no parecía preocuparle, porque miraba fijamente al padre de Willi con los labios apretados. El hombre sacó un pañuelo del bolsillo del abrigo y se limpió el barro de las manos.

—¡Me vas a pagar los pantalones! —le dijo a Sardine a gritos—. Niñata chiflada...

—¡Váyase de aquí! —exclamó Wilma con voz chillona, y se arrimó a Sardine todo lo que pudo. Había sacado, cómo no, su pistola de agua—. ¡Aquí no tiene nada que hacer! —le espetó a grito pelado y con la cara muy roja—. ¡Esto es el patio de un colegio!

Tres chicos mayores que se hallaban a unos diez metros, volvieron la vista hacia ellos con gesto de curiosidad. Luego debieron de considerar que aquella extraña escena no les atañía y siguieron a lo suyo.

—¿Dónde está? —bramó el padre de Willi guardándose el pañuelo en el bolsillo—. ¿Dónde está Willi? Vosotros sabéis dónde se ha escondido. Así que venga, soltadlo, si no queréis tener que véroslas conmigo todos y cada uno de vosotros. —Y avanzó un paso con gesto amenazante.

—¿Es que no sabe contar? —En la voz de Frida sólo podía apreciarse un ligerísimo temblor—. Somos ocho. No le servirá de nada ser tan grande. Y como, como... —El temblor era cada vez más evidente; la rabia se estaba apoderando de ella por momentos—. Como vuelva a zarandear así a Fred...

—¿Qué? —preguntó el padre de Willi—. Supongo que tengo derecho a preguntar dónde está mi hijo, ¿no? ¿Cuánto tiempo cree Willi que voy tolerarle que no venga a casa a dormir? ¿Es que cree que yo voy a sacarle las castañas del fuego en todo este lío?

—Pero ¿usted promete no tocarle ni un pelo si vuelve a casa? —preguntó Wilma.

Sardine y Fred le dieron un codazo casi al mismo tiempo, pero el mal ya estaba hecho.

—¿Lo veis? Vosotros sabéis dónde se esconde. Tal y como yo me imaginaba. —El padre de Willi esbozó una

sonrisa de satisfacción y se sacudió una mancha de barro de la manga del abrigo—. Venga, soltad lo que sepáis. Cuanto más tardéis, peor será la bronca.

Las Gallinas y los Pigmeos le miraron con hostilidad.

—Por nosotros, ya puede quedarse ahí plantado hasta que se pudra —murmuró Torte—, porque las Gallinas no traicionan a un amigo, ¿a que no?

—¡Muy bien! —bufó el padre de Willi—. ¿Por quién empiezo? ¿Por el pequeño sabelotodo?

Torte se estremeció. Melanie se arrimó a él todo lo que pudo.

—¡Pero qué ven mis ojos! —El padre de Willi avanzó un paso hacia Torte—. Menudos héroes estáis hechos, chicos. Buscáis refugio entre las chicas cuando las cosas se tuercen. La verdad es que visto así prefiero un hijo que vaya rompiendo a golpes los cristales de las excavadoras.

—Ah, ¿sí? ¿Y usted qué? —La rabia de Sardine era tal que estuvo a punto de escupirle a la cara al pronunciar aquellas palabras—. ¡Usted se mete con niños que miden medio metro menos que usted y pega a su propio hijo! ¡Y eso es lo más miserable que puede hacer un hombre! ¡Deberían encerrarle en una jaula porque usted es...!

El padre de Willi le soltó una bofetada en toda la cara. El golpe fue tan violento que por un instante Sardine temió que acabaría cayéndose. Aturdida, chocó contra Torte, que continuaba a su lado.

—¡Eh, ahora sí que se está liando una buena ahí! —exclamó uno de los mayores.

A partir de ese momento Sardine sólo fue consciente de que estaba sentada en el suelo, cubriéndose la mejilla con la mano. Frida y Melanie se agacharon junto a ella con gesto de preocupación. Al padre de Willi no lo veía

porque todos los demás se habían arremolinado a su alrededor para protegerla. Fred había cerrado el puño y Steve y Torte trataban de retenerlo. Temían que, de pura rabia, se abalanzara sobre el padre de Willi.

—¡Abusón! —le acusó Fred—. ¡Es usted un cobarde y un abusón de mierda!

A continuación se alzó la voz de la señorita Rose.

—¿Qué está pasando aquí? —exclamó, apartando a un lado a unos niños que contemplaban boquiabiertos el numerito.

—Ha pegado a Sardine —dijo Frida poniéndose en pie.

—Y a Fred lo ha agarrado y casi le desencaja los huesos de tanto zarandearlo —exclamó Steve.

—Sí, de eso ya me he enterado —dijo la señorita Rose, guiñando los ojos, en un tic que se le manifestaba cuando la rabia se apoderaba de ella por completo—. Gracias a un alumno con un poco más de cabeza —dijo elevando el tono y volviéndose hacia los niños que se habían reunido a mirar—. Me lo ha contado todo y me ha traído hasta aquí. No como vosotros, que os habéis quedado como pasmarotes contemplando cómo pegaban a vuestros compañeros.

Se inclinó preocupada hacia Sardine, que seguía sentada en el suelo con la cara hinchada.

—¿Te encuentras bien? —le preguntó la maestra en voz baja.

Sardine asintió. La señorita Rose observó por un instante a Fred, que estaba blanco como el papel, y luego se plantó frente al padre de Willi, a una distancia tan corta que éste tuvo que agachar la cabeza para mirarla a la cara, pues la señorita Rose no era precisamente alta.

—¡Fuera de las instalaciones del colegio! —dijo—.

Márchese ahora mismo o llamo a la policía. El hecho de que usted se pasee por el patio de un colegio pegando a los niños constituye motivo más que suficiente para presentar una denuncia.

—¿Necesita ayuda, señorita Rose? —preguntaron los tres grandullones de uno de los cursos superiores que hacía tan sólo unos minutos habían presenciado lo ocurrido sin mostrar interés alguno.

—Hombre, al fin habéis reaccionado —les recriminó la señorita Rose—. Acompañad a este hombre hasta la puerta. Y comprobad que encuentra la salida. Pero sin hacer uso de la fuerza, por favor.

—¡Seguro que usted también sabe dónde está escondido mi hijo! —se desgañitó el padre de Willi mientras los tres gigantones lo conducían con suavidad hacia la puerta—. ¡Conseguiré que la despidan por secuestradora de niños!

—¡Válgame Dios! —murmuró la señorita Rose—. ¡Qué desfachatez! —Se volvió hacia las Gallinas y los Pigmeos con actitud pensativa—. ¿Y ahora queréis decirme dónde está Willi? —les preguntó—. Esto no puede continuar así. Tarde o temprano irá a buscarlo la policía y, además, su madre está completamente desesperada.

—No podemos decírselo —murmuró Sardine, y se levantó del suelo—. De verdad que no, señorita Rose. Se lo hemos prometido a Willi.

—Pero podemos escribirle una carta a su madre —propuso Frida—, para decirle que se encuentra bien y que pronto volverá a casa.

—Y también podemos intentar reunir el dinero para el parabrisas —dijo Fred—. A ver si así su padre se calma un poco.

La señorita Rose guardó silencio y miró hacia la verja, donde los grandullones de último curso acababan de dejar al padre de Willi. Ya en la calle, el hombre había sacudido violentamente los hombros para desprenderse de los chicos, había vuelto la cabeza y, por último, había echado a andar con la cabeza bien alta.

—Sí, el dinero es un problema —murmuró la señorita Rose—. Seguiré pensando, a ver si se me ocurre algo. Pero los problemas no acaban ahí. ¿Cómo vamos a apaciguar a ese bestia? —Miró a Fred—. ¿De verdad que Willi se encuentra bien?

—Probablemente mejor que nunca —respondió el jefe de los Pigmeos.

—Dile que tiene que llamar a su casa —dijo la señorita Rose—. Cuanto antes. Si no, será la policía quien lo encuentre. Porque imagino que seréis conscientes de que lo encontrarán, ¿verdad?

Las Gallinas y los Pigmeos asintieron. La señorita Rose respiró hondo y se marchó hacia el edificio del colegio.

Durante la clase de Ciencias, Frida le escribió una carta a la madre de Willi. Y es que Frida era un hacha redactando textos. Luego la firmaron todos, también los chicos, por supuesto. Torte pegó en el sobre uno de los sellos que había comprado para su colección, y Sardine llevó la carta a correos cuando se acabaron las clases. Después de la pelea con el padre de Willi, ni siquiera Fred se atrevía a echarla directamente en el buzón del domicilio.

Cuando Sardine llegó a casa, su madre ya estaba allí. Sin embargo, en la cocina no se oía ninguna de las cintas para aprender inglés, sino la música hippie que solía poner. Sardine bajó un poco el volumen y se sentó a la mesa con su madre.

—He preparado masa para crepes —dijo ella, asomando la cara por detrás del periódico. Al ver a su hija, dejó el diario sobre la mesa, asustada—. ¡Cielo santo! ¿Qué te ha pasado? ¿Os habéis vuelto a pegar con esos Pitimineos, o como se llamen?

—Sí —murmuró Sardine. Si su madre se enteraba de que el padre de Willi la había pegado, montaría un verda-

dero escándalo, y Sardine no se sentía capaz de soportar otro escándalo. Con el de esa mañana ya tenía bastante para los cien años siguientes.

Con un suspiro, su madre se parapetó de nuevo tras el periódico.

—Ahora mismo me pongo a hacer las crepes —dijo—. En cuanto me acabe el café.

—Tranquila, no tengo mucha hambre —dijo Sardine mientras sacaba la leche del frigorífico—. ¿Sabes algo de la abuela?

—Ha dejado un mensaje en el contestador —respondió su madre—. Ve a escucharlo, si quieres.

Sardine respiró hondo, dejó el vaso de leche sobre la mesa y fue hacia el teléfono.

—Bueno, vamos a ver qué quieres ahora, abuela —murmuró rebobinando la cinta.

La abuela Slättberg hablaba en el mismo tono áspero de siempre: «Soy yo —gruñó—. ¡Y claro, no hay nadie en casa, como siempre! No soporto tener que hablar siempre con esta máquina. Pero no tengo tiempo para andar tras vosotras a todas horas. Éste es un mensaje para Sardine: ya puedes quedarte esas gallinas viejas y correosas que me has robado. Ya no las quiero. No me las quedaría ni aunque me lo suplicaras de rodillas.»

—Qué más quisieras... —musitó Sardine en voz baja.

—«Ya te darás cuenta de cómo son las cosas cuando esos bichos te arranquen hasta el último pelo de la cabeza —continuaba diciendo A.S. en el mensaje—. Así aprenderás algo de la vida. Tampoco voy a denunciarte, y no es por falta de ganas. Pero sí exijo una compensación. O me entregas quince gallinas congeladas, o pagarás tu deuda trabajando en el huerto. Sólo entonces te levantaré el cas-

tigo de no entrar en mi casa y en mi jardín. Espero tu respuesta. Que tengáis un buen día.»

Sardine borró el discurso de la abuela.

—Vete a la porra —farfulló—. Arrancar hasta el último pelo de la cabeza, aprender de la vida, bah. —Y regresó a la cocina con mala cara.

—Reconfortante, ¿eh? —comentó su madre mientras hojeaba el periódico.

—Frida y Wilma también están a favor de compensarla con dinero —dijo Sardine.

—Qué va, no hace falta. Guardaos el dinero para el pienso. Las gallinas son unas glotonas, sobre todo cuando hace frío.

—Sí, ya lo sé —suspiró Sardine.

Su madre la miró preocupada.

—No te pongas triste —le dijo, acariciándole la nariz con el dedo—. No tardará mucho en levantarte el castigo. Y si no, espera y verás qué pasa cuando las coles de Bruselas estén asfixiadas por las malas hierbas. —Luego reanudó la lectura del diario—. Escucha esto —le dijo a Sardine—: «Mujer cariñosa busca un osito que la mime.» Madre mía. Los hay que no tienen sentido del ridículo. Yo creo que me metería monja antes que publicar un disparate así en el periódico.

¡Martes! ¡Era martes!

Sardine tragó saliva. El anuncio de Wilma.

—Mami —dijo Sardine rápidamente—. Me están sonando las tripas. ¿Podrías hacer ya las crepes?

—¡Oh, claro, lo siento! —Su madre tomó un último sorbo de café, dejó el periódico y se levantó—. Ya he pedido unos días libres —comentó mientras ponía la sartén al fuego—. En tus vacaciones de primavera. También me

he informado sobre los billetes. En principio iremos a Nueva York. El vuelo a San Francisco sale demasiado caro.

—Ajá —murmuró Sardine, que ojeaba discretamente los anuncios del periódico.

—El viaje me servirá para informarme de cómo funciona lo del permiso de trabajo —dijo su madre. La masa de las crepes comenzó a chisporrotear al entrar en contacto con la sartén—. A lo mejor no hace falta la Tarjeta Verde para conducir un taxi. ¿Qué te parece? ¡Tú y yo en Nueva York! Será divertido, ¿a que sí?

—Ajá —murmuró de nuevo Sardine mientras recorría con el dedo el listado completo de aquellos absurdos anuncios. ¿Dónde estaba el de Wilma?

—¡Maldita sea! —se quejó su madre—. ¿Por qué nunca me salen bien? ¡Qué desastre de crepe!

—No pasa nada, a mí me gustan tus crepes rotas —dijo Sardine, que continuaba paseando el dedo por toda la lista. Conejita mimosa, oso amoroso, atractiva pero tímida, taxista... ¡ahí estaba!

—¿Qué estás leyendo? —preguntó su madre, y echó un vistazo por encima del hombro de Sardine con curiosidad. Sardine se estremeció e intentó tapar el anuncio de Wilma con la mano, pero su madre le apartó el dedo.

—Déjame ver qué es lo que tanto te interesa —murmuró—. «Atractiva taxista madura busca hombre que la mime.» No es muy original, pero...

De pronto se quedó petrificada. Sardine contuvo la respiración y deslizó de nuevo la mano en un último intento desesperado por tapar el anuncio. Pero en ese preciso instante su madre la agarró por el hombro y le dio la vuelta para mirarla a la cara.

—Ése es nuestro número de teléfono —declaró. Tenía la cara al rojo vivo—. Dime una cosa, ¿te has vuelto loca? ¿Ahora resulta que quieres buscarme un novio? —Su voz estaba a punto de quebrarse—. ¿No podrías al menos haberme preguntado mi opinión cuando se te ocurrió semejante disparate?

—¡Yo no he sido! —exclamó Sardine—. ¡A mí jamás se me habría pasado por la cabeza hacer una barrabasada de semejante calibre!

Su madre la miró con los ojos como platos. Sabía perfectamente que Sardine era incapaz de mentir. Cada vez que lo intentaba, se le notaba sobre todo en la punta de la nariz.

—Entonces, ¿quién ha sido?

—¿Me das una crepe? —preguntó Sardine con un hilillo de voz.

—Oh, maldita sea, ahora seguro que se han quedado frías. —Su mamá traspasó la birriosa crepe de la sartén a un plato y se lo puso delante a Sardine.

Sardine extendió sobre la crepe azúcar a mansalva y empezó a comer.

—La idea fue de Wilma —le explicó a su madre con la boca llena—. No quería que nos marcháramos, ¿lo entiendes ahora?

—En toda mi vida no había oído una estupidez semejante —dijo su madre, que apretó los labios y se aventuró a lanzar de nuevo la crepe al aire para darle la vuelta. La crepe aterrizó en la sartén bastante arrugada. La madre de Sardine apagó el gas entre suspiros y se sentó a la mesa con la sartén. Sin mediar palabra separó una de las crepes con un tenedor, sopló y se la llevó a la boca.

»Yo creía que tú no querías un padre —se lamentó.

—Y es verdad —respondió Sardine—. Pero tampoco quiero marcharme de aquí.

Su madre siguió comiendo en silencio. De pronto comenzó a protestar:

—¡Ay, Dios mío, seguro que ahora empiezan a llamar sin parar tipos de esos que andan por ahí como almas en pena! ¡Ahí aparece nuestro número de teléfono! ¿Es que Wilma no ha oído nunca hablar de que esos anuncios se ponen con un apartado de correos?

—¿Con un qué?

—Déjalo, ahora ya está hecho. —La madre de Sardine volvió a suspirar y, de pronto, se echó a reír—. Madre mía, a saber qué tipo de hombres llaman. ¡Aunque a lo mejor no llama nadie! Eso de «madura» suena a manzana caída del árbol.

—Bueno, es que «joven» ya no encajaba, ¿no te parece?

—Probablemente no. Quizás «algo deteriorada» habría sido más adecuado. Pero ¿por qué no pone nada de ti? «Con simpática hija que no soporta a los hombres», o algo así.

Sardine retiró el plato vacío.

—A Melanie le parecía que los hombres se echan atrás cuando hay niños de por medio —explicó.

—Vaya. —Su madre esbozó una sonrisa burlona—. Veo que habéis estudiado el asunto a fondo. ¿Y también les has hablado a estas Gallinas amigas tuyas de mi mal gusto para los hombres?

Sardine, abochornada, siguió con el dedo el surco que había dejado el plato en la mesa.

—¡Oh, no! —Su madre la miró con gesto de incredulidad—. ¡Sardine! Y lo de la vajilla rota, ¿eso también se lo has contado?

Sardine apretó los labios y asintió con la cabeza.

Su madre escondió la cabeza entre los brazos.

—¡A partir de ahora os prohíbo entrar en mi taxi! —la oyó murmurar Sardine—. A todas. No quiero volver a ver a ninguna Gallina por allí.

—¡Pero tú también vas contando por ahí cosas mías que son privadas! —exclamó Sardine.

—¿A quién? —preguntó su madre alzando la cabeza.

—Pues a tus mejores amigas —respondió Sardine—. ¿O no?

—Está bien. —Su madre se apartó el pelo de la cara—. Pero por lo del anuncio te pienso someter a una tortura de cosquillas durante una hora por lo menos.

—Oh, no, porfa —dijo Sardine sin poder contener la risa.

—Bueno, por esta vez estás perdonada —dijo su madre, pellizcándole la nariz—, pero quiero que me des tu palabra de Gallina de que no les contarás a tus amigas ni una palabra más sobre mi vida privada. ¿Prometido?

Sardine asintió.

—Prometido. Pero...

—Nada de peros —advirtió su madre levantándose de la mesa—. ¿Quieres otra de mis magníficas crepes?

—Sí —respondió Sardine.

Y su madre se puso manos a la obra con el siguiente estropicio.

Después de comer, la madre de Sardine se fue a un centro cívico a matricularse en un curso de inglés. Sardine hizo los deberes del cole, escuchó música, puso la tele, volvió a apagarla, contempló la calle por la ventana... Y es que esa tarde no sabía qué hacer. No tenían prevista ninguna reunión de Gallinas Locas. Además, ¿dónde iban a celebrarla, si había un Pigmeo viviendo en el cuartel de la pandilla? Pero no era sólo por eso; de todas formas las demás no podían quedar: Wilma tenía clases particulares de lengua porque a su madre le preocupaba que en el último examen hubiera sacado un aprobado raspado. Melanie tenía que ayudar en su casa. Trude sólo respondía «¿Quééé?» cuando alguien le hablaba, y se pasaba las horas jugueteando con el pendiente de aro que Paolo le había regalado al despedirse. Y Frida había anunciado después del numerito con el padre de Willi que pensaba pasarse el resto del día tumbada en la cama.

Pero Sardine tenía muchísimas ganas de ir a ver a las gallinas. Al fin y al cabo eran suyas, ahora que la abuela Slättberg había renunciado a ellas. Aunque, por otra parte, no le apetecía nada pasar toda la tarde a solas con Willi, así que decidió tantear de nuevo a Frida.

—Venga, vale, te acompaño —refunfuñó Frida al teléfono—. De todas formas el plan de quedarme en la cama ya había fracasado. Titus se ha vuelto a escaquear de cuidar al pequeñajo. ¿Captas lo que quiero decir? Que tengo que llevarme a Luki.

—No importa —dijo Sardine—. Con tal de que vengas...

—Ahora paso a buscarte —dijo Frida, y colgó.

Apareció con la bici grande de su madre, la que llevaba instalada la sillita de Luki atrás.

—A ti no te hablo —dijo Luki al ver salir a Sardine por la puerta. A lo largo de todo el trayecto, el hermano pequeño de Frida se entretuvo sacándole la lengua a Sardine y haciéndole muecas.

—Pero ¿qué le pasa? —preguntó Sardine un poco molesta cuando finalmente llegaron al cuartel—. ¿Es que se está volviendo tan tonto como tu hermano mayor?

Aparcaron las bicis junto al cartel que Wilma había colocado en el portillo. Había dibujado cinco gallinas y debajo había escrito: «Privado. Queda terminantemente prohibida la entrada de zorros y enanos del bosque.»

—Bah, Luki no lo hace con mala intención —murmuró Frida mientras levantaba, no sin esfuerzo, a su hermano pequeño de la silla—. Ahora tiene una época en la que le saca la lengua a todos. Y menos mal que no te ha escupido. Aunque Luki es inofensivo, no como Titus... —dijo mientras le quitaba el casco al pequeño—. Sabía perfectamente que mi madre tenía hora esta tarde en el dentista y que le tocaba a él quedarse con Luki, ¡y el tío se larga tan campante!

Luki le pegó un tirón del abrigo.

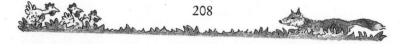

—¿Dónde eztán laz gallinaz, Friza? —preguntó—. ¿Zaben nadar? Yo cé nadar, ¿a que cí?

Frida suspiró.

—No, Luki, no sabes nadar. Vamos, las gallinas están ahí detrás.

Frida lo empujó suavemente hacia el portillo. Detrás del seto había una bicicleta negra y con un espejo sujeto al manillar.

—Anda, mírala —dijo Sardine con sarcasmo—. En cuanto hay un chico rondando por el cuartel, Meli no puede faltar. ¿No tenía que ayudar a sus padres a desembalar las cosas?

—Supongo que la habrán echado. Para eso no creo que les sirva de gran ayuda. —Frida abrió el portillo—. Además, Meli no ha venido por un chico cualquiera: ha venido por Willi.

—¿Qué quieres decir con eso? —preguntó Sardine.

Frida volvió a cerrar el portillo.

—Quiero decir que ya llevan juntos algún tiempo —dijo.

Sardine la miró boquiabierta.

—Qué chorrada.

Frida se encogió de hombros.

—¡Mira, Friza, zoy un pirata! —canturreó Luki, que alzó una rama podrida y la sacudió de un lado a otro con tanta fuerza que Sardine acabó recibiendo un buen golpe en el hueso de la rodilla.

—¡Eh, ten cuidado, enano! —exclamó irritada.

—¡Yo no zoy un enano! —replicó Luki, agitando el palo cada vez más rápido—. ¡Caraculo!

—¡Basta! —zanjó Sardine, y le arrebató el palo de las manos.

Luki lanzó un chillido absolutamente ensordecedor.

—¡Eh, mira, mi niño! —dijo Frida señalando enseguida hacia el corral—. Ahí están las gallinas. ¿Las ves?

Luki se secó las lágrimas y echó a correr hacia la valla a trompicones.

—Bueno, se ha quedado una tarde muy agradable —comentó Sardine. Luego miró con el ceño fruncido hacia la caravana.

—¿Qué hacen? —oyó que preguntaba Luki.

—Escarban para buscar lombrices —respondió Frida—. A las gallinas les encantan las lombrices, ¿sabes?

Luki se mordió el labio inferior y observó a las gallinas frunciendo el ceño.

—Pero laz lombrices no quieren que las coman —observó el pequeño—. Laz gallinaz zon tontaz.

Frida soltó una carcajada y lo cogió en brazos.

—Ven, vamos a darles de comer la lechuga que hemos traído —sugirió—. La lechuga también les gusta mucho. ¿Te parece?

Sardine se agachó junto a ellos e introdujo un dedo a través de la malla metálica. *Dafne* e *Isolde* se acercaron a curiosear. Si hubiera sido por la abuela Slättberg, en aquel momento estarían desplumadas dentro del congelador, junto con sus trece hermanas de picoteos, cloqueos y cacareos. Pero las cosas no habían salido tal y como A. S. las había planeado, y las gallinas estaban picoteando aquí y allá bajo el sol, muy bien vestidas y abrigadas con su suave plumaje.

«Menos mal que lancé la alerta zorro», pensó Sardine.

Dafne se sacudía la cresta y, delante del gallinero, *Loretta* y *Kokoschka* se disputaban una lombriz entre estridentes cacareos. ¡Qué contenta estaba de haberlas resca-

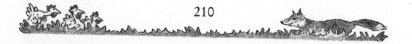

tado! Sardine agitó la bolsa que llevaba consigo e inmediatamente las gallinas se volvieron con interés hacia el ruido.

—Ah, por cierto, mi madre ha averiguado lo del anuncio de Wilma —comentó como de pasada.

—¡Ahí va! —Frida la miró preocupada—. ¿Y qué ha dicho?

—Bueno, no es que se haya puesto a dar saltos de alegría, precisamente. Lo que más le ha molestado ha sido que Wilma hubiera dado nuestro número de teléfono. Me temo que cuando empiecen a llamar los primeros se va a subir por las paredes. Seguro que entonces me va a caer una buena bronca.

—Oye, a lo mejor llama alguno simpático —observó Frida.

Sardine resopló con gesto de desprecio.

—De acuerdo, lo del anuncio fue una tontería —reconoció Frida, y le colocó a Luki una hoja de lechuga en la manita regordeta—. Mira, tienes que meter la lechuga por la valla, así.

—¡Pero me van a comer loz dedoz! —dijo Luki asustado, y dio un paso atrás.

—No, no te harán nada. —Sardine les dio a las gallinas un poco de diente de león—. ¿Ves cómo vienen corriendo?

Luki, por si acaso, se colocó detrás de Sardine cuando las gallinas se apretujaron junto a la valla. Desde allí observó con cierto recelo cómo las gallinas picoteaban las hojas de lechuga de las manos de Sardine.

—¡Qué pico máz grande tienen! —exclamó, impactado—. ¿Por qué tienen ezoz ojoz tan raroz?

—¿Ojoz raroz? —Sardine y Frida se echaron a reír.

En ese momento oyeron que se abría la puerta de la caravana.

—Eh, ¿hace mucho que estáis ahí? —exclamó Melanie bajando las escaleras de un salto—. No os hemos oído llegar.

—Pues ya es raro, con el escándalo que ha organizado Luki... —le susurró Sardine a Frida.

El mal humor de Melanie por el traslado se había esfumado por completo. Parecía estar radiante de alegría cuando echó a correr hacia Frida y Sardine. Willi salió tras ella, aunque no muy convencido.

Luki se aferró al jersey de Sardine.

—¿Zon pirataz? —preguntó entre susurros.

Frida soltó una carcajada.

—Qué va, cariño. Es Meli.

Pero Luki siguió mirándola con recelo.

—¿Sabéis una cosa? ¡Esta noche Willi ha tenido que ahuyentar a un bicho que merodeaba alrededor de las gallinas! —anunció Melanie al llegar.

—¿Cómo? —Sardine se levantó asustada.

—Era un bicho pequeño, poca cosa —dijo Willi—. Más pequeño que un zorro, eso seguro. —Arrancó un puñado de hierba y lo aplastó en la mano—. Ayer por la tarde me acerqué a mi casa, no queda muy lejos de aquí. Le dejé una nota a mi madre en el buzón para que no se preocupara. Y cuando volví —explicó, señalando hacia el cobertizo— las gallinas estaban armando un alboroto tremendo. Oí como unos arañazos y, al acercarme, un animal salió corriendo.

—¡Mierda! —soltó Sardine. Preocupada, contó las gallinas que escarbaban en el corral. Estaban todas.

Luki seguía agarrado al jersey de Sardine con la mirada clavada en Willi.

—Yo zoy máz fuerte que tú —le dijo.

Willi esbozó una sonrisa y se agachó junto a él.

—Seguro que sí —le dijo—. Mucho más fuerte. Eso está cantado.

Sardine se alejó de los demás y se dirigió al cobertizo. Examinó minuciosamente todas las paredes de madera, pero no halló ningún agujero, ni desde dentro ni desde fuera, no había ni ranuras ni huecos por donde pudiera colarse una comadreja.

—¿Has visto algo? —preguntó Melanie cuando Sardine regresó. Sardine negó con la cabeza.

—Bueno, menos mal que Willi duerme aquí por las noches —comentó Frida.

—No por mucho tiempo —dijo Melanie.

Sardine y Frida la miraron, sorprendidas.

Melanie lanzó una mirada fugaz a Willi.

—Él sabe que no puede quedarse aquí para siempre y además está preocupado por su madre, así que se me ha ocurrido una idea —explicó—. He...

—¿Dónde está Luki? —la interrumpió Frida, alarmada.

—Está allí, junto a la valla —indicó Willi—. Les está dando piedras a las gallinas y no entiende por qué no le hacen caso.

—Bueno, ¿qué idea se te ha ocurrido? —preguntó Sardine, que ya se impacientaba.

—Que Willi vuelva a casa mañana por la tarde —dijo Melanie apartándose los rizos de la cara—. Pero no solo. Lo acompañaremos todos y Steve se quedará a dormir en su casa dos o tres días.

—¿Steve? —Sardine miró a Willi, extrañada.

—Steve es el único que no ha tenido nunca ninguna bronca con mi padre —dijo Willi.

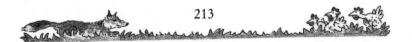

—Además... —Melanie posó su mano sobre el hombro de Willi—. Además, aunque el padre de Steve es sólo un palmo más alto que Steve y más gordito aún, es de la policía.

—Sí, de la policía fluvial —añadió Sardine con sorna.

—¿Y qué? La policía es la policía —exclamó Melanie en tono respondón—. Y el padre de Willi no se atreverá a tocar al hijo de un policía. Y tampoco pegará a Willi si Steve está delante. —Miró a las otras dos Gallinas entusiasmada—. Bueno, ¿qué os parece la idea?

Frida hundió la punta del zapato en la hierba húmeda y Sardine volvió la mirada hacia Luki, que seguía hipnotizado ante la valla y parloteaba con las gallinas sin parar.

—Steve como guardaespaldas —murmuró Sardine—. Qué disparate, Meli.

—Ah, ¿sí? ¿Se te ocurre alguna mejor? —refunfuñó Melanie.

—No, no —se apresuró a responder Sardine—. Si no digo que me parezca mal.

—¿Se lo habéis contado ya a la madre de Willi? —preguntó Frida.

Melanie asintió.

—Steve se puede quedar a dormir en la alfombra de la habitación de Willi. Sólo necesitará un saco de dormir. Al principio Steve ha protestado un poco porque dice que no pega ojo en los sacos de dormir, pero está dispuesto a hacerlo.

—Vale. —Sardine entrecerró los ojos—. Un momento, ¿cuándo habéis hablado de todo eso? La madre de Willi ya lo sabe, también lo has comentado con Steve...

—Los Pigmeos han estado aquí —explicó Melanie sin mirar a Sardine—. Hace media hora. Yo les pedí que vinieran y...

—¿Que tú qué? —resopló Sardine—. ¿Te has reunido con los Pigmeos en nuestro cuartel? ¿No te parece bastante con que uno de ellos esté refugiado aquí?

Un brillo sospechoso apareció en los ojos de Melanie, que tuvo que morderse los labios para contener las lágrimas.

Willi dio un paso hacia Sardine con aire amenazador.

—Porque eres una chica —gruñó—, porque si no, te pegaría aquí mismo.

—¡Inténtalo! —bufó Sardine—. ¡Porque soy una chica! ¡Bah, es la disculpa más estúpida y más podrida que he oído!

—¡Ya basta! —exclamó Frida, interponiéndose entre los dos—. Parad ahora mismo, ¿entendido? Aquí nadie va a pegar a nadie. ¡Habéis conseguido asustar a mi hermano!

Luki los estaba mirando con los ojos como platos. Frida echó a correr inmediatamente hacia él, lo cogió en brazos y le susurró algo al oído.

—Eso ha sido una estupidez por tu parte, Sardine —dijo Melanie secamente—. Una absoluta estupidez. ¿Dónde quieres que hablemos con los Pigmeos si no es aquí? ¿En la guarida del árbol en ruinas? No te enteras de nada, esto no es ninguna competición entre pandillas.

—A vuestra mandamás lo que le gustaría es que yo me perdiera de vista ahora mismo —gruñó Willi—. Si por ella fuera, le sacaría los ojos a picotazos a todos los chicos.

—No es tan mala. Lo que pasa es que tiene muy mal genio, como tú.

Frida volvió con Luki en brazos.

—Quiero enseñarle la caravana a mi hermano —dijo—. ¿Venís? A lo mejor con una taza de té podemos

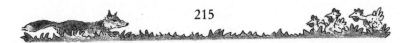

sentarnos a charlar tranquilamente sobre el plan de Melanie.

Sardine apretó los labios y asintió.

—Yo puedo quedarme sentado en las escaleras —dijo Willi con retintín.

Melanie le dio un golpecito con el codo.

—Ahora no empieces tú —le advirtió.

Luki le lanzó a Willi una mirada hostil y se abrazó con fuerza al cuello de Frida.

—Ez un caraculo, ¿a que zí?

Frida no pudo contener la risa.

—Sólo de vez en cuando, Luki —dijo Melanie, arrastrando a Willi hacia la caravana.

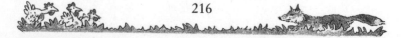

Al día siguiente, durante el primer recreo, las Gallinas y los Pigmeos recorrieron los pasillos hasta llegar a la sala de profesores. Ninguno de los chicos se atrevía a llamar a la puerta, así que Frida tomó la iniciativa.

—Buenos días, queríamos hablar con la señorita Rose —dijo cuando un profesor se asomó con gesto malhumorado.

La señorita Rose apareció enseguida con un vaso de café en la mano y salió con ellos al pasillo.

—¿Qué sucede? —preguntó—. Espero que no sean malas noticias.

—No, no —se apresuró a responder Melanie—. Sólo queríamos pedirle un favor.

—¿Y de qué se trata? —La señorita Rose dio un sorbo a su café y puso cara de asco—. Puaj, he olvidado ponerle leche.

—¿Quiere que le traiga un poco? —preguntó Frida en tono servicial. Pero la señorita Rose declinó el ofrecimiento con un movimiento de cabeza.

—¿Qué es eso que queréis pedirme?

—Willi va a volver a su casa —dijo Melanie—. Esta tarde.

—Pero no va a volver solo —añadió Wilma—. Lo va a acompañar Steve.

—Ajá. —La señorita Rose arqueó las cejas—. A modo de guardián, por decirlo así. ¿De quién ha sido la idea?

Melanie se ruborizó.

—Mía —dijo—. Y queríamos pedirle a usted que llamara al padre de Willi esta tarde y volviera a hablar con él para que deje entrar a Steve en su casa y prometa no hacerle nada a Willi.

La señorita Rose asintió con un gesto.

—¿Y con la madre de Willi, habéis hablado?

—Sí, claro —dijo Fred—, pero el problema es su padre.

—Sí, ya lo sé. —La señorita Rose suspiró—. Está bien, hablaré con él, pero no por teléfono. Esta tarde le haré una breve visita. En cuanto llegue a casa llamaré a Melanie, ¿de acuerdo?

—Mejor llame a casa de Sardine —dijo Melanie—. Nosotros acabamos de trasladarnos.

—Ah, es verdad. —La señorita Rose asintió y recorrió el pasillo con la mirada en actitud pensativa.

—A lo mejor usted también debería llevarse un guardián para que la proteja —observó Torte.

La señorita Rose soltó una carcajada.

—Te agradezco la preocupación, Torsten, pero creo que me las sabré arreglar sola. Aunque eso sí, estoy segura de que no será una visita muy agradable.

—Ya, eso seguro —dijo Sardine.

En ésas sonó el timbre.

—¿Cómo? ¿Ya se ha acabado el recreo? —La maestra

suspiró—. Si ni siquiera me he tomado el café. —Abrió la puerta de la sala de profesores.

—Gracias —dijo Frida.

—Está bien —respondió la señorita Rose—. Nos vemos luego. —Y desapareció tras la puerta de la sala de profesores.

Poco después de las cuatro sonó el teléfono en casa de Sardine.

—Dile a Willi que ya puede volver a casa, Geraldine —dijo la señorita Rose—. He hablado con el padre de Willi y le he dejado muy claro que si Willi aparece con un solo moratón sospechoso le denunciaré por lo ocurrido en el patio del colegio.

—De acuerdo —dijo Sardine—. Lo acompañaremos todos a casa.

—¡Caramba! —exclamó la señorita Rose riendo—. ¡Las Gallinas Locas escoltando a un Pigmeo! ¡Lo nunca visto! Llamadme en cuanto lo hayáis dejado en la puerta, ¿de acuerdo? Estaré en casa toda la tarde.

—Vale, la llamaremos —le prometió Sardine—. Hasta luego, señorita Rose. —Y acto seguido avisó a los demás.

Gallinas y Pigmeos acordaron reunirse a las seis en la caravana. Había anochecido por completo y el frío era infernal cuando todos recorrieron la estrecha carretera y

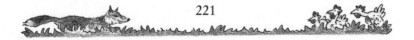

aparcaron las bicis junto al cartel de las Gallinas que había colgado Wilma. Una fina capa de hielo cubría los charcos, pero todos se animaban al imaginar el calorcito que les aguardaba en la caravana. Melanie ya estaba allí cuando llegaron los demás, sentada a la mesa con expresión mustia, junto a Willi, que contemplaba la oscuridad a través de la ventana.

—¡Hace un frío que pela ahí fuera! —protestó Fred al entrar con Torte en la caravana—. ¿Te ha contado Meli lo que ha dicho la señorita Rose?

Willi asintió. Fred lo miró con aire de preocupación.

—¿Quieres quedarte aquí unos cuantos días más?

Willi negó con la cabeza.

—No, será mejor que vuelva por mi propia voluntad antes de que vengan a buscarme —masculló—. Además, la caravana es de las Gallinas.

—Bueno, pero si quieres puedes quedarte —insistió Trude en voz baja.

—No, no, además se lo he prometido a mi madre —dijo Willi.

Steve se ajustó las gafas con cierto nerviosismo.

—Las cartas dicen que ésta es una buena noche para emprender acciones arriesgadas —comentó.

—Acciones arriesgadas. —Aquel comentario logró arrancarle una sonrisa a Willi—. Parece que encaja con nuestra situación, ¿eh? Bueno, ¿a qué estamos esperando? —dijo levantándose bruscamente.

—Yo te he traído una cosa —dijo Melanie mientras Willi se ponía el abrigo. Melanie le metió un bote en el bolsillo—. Es mi spray de defensa personal. Yo ya me compraré otro. Pero no hay que usarlo con el viento en contra porque se mete en los ojos.

—Un spray de chicas —exclamó Torte entre carcajadas—. No creo que sople mucho viento en tu casa, ¿no, Willi?

Frida se volvió hacia él tan irritada que a Torte se le borró inmediatamente la sonrisa de la cara.

—Y tenemos otra cosa —intervino Sardine—. Los ha comprado mi madre —aclaró mientras sacaba de la mochila dos walkie-talkies y le entregaba uno a Willi—. Tienen bastante alcance, así que la conexión debería llegar hasta vuestra casa.

—¿Y quién se llevará el otro? —preguntó Steve.

—El otro se queda aquí —respondió Wilma—. Las Gallinas dormiremos hoy en la caravana para hacer guardia por la noche. Basta con que silbéis por el walkie-talkie y nosotras saldremos como un rayo a por las bicis.

—¡Vaya, Willi! —exclamó Torte en tono burlón—. ¡Cómo te cuidan las chicas! ¡Últimamente tienes todo un harén para ti...!

—Cierra el pico, Torte —gruñó Fred—. ¿Cómo no se nos ha ocurrido a nosotros algo así?

—Bueno, vosotros ponéis al guardaespaldas —dijo Melanie, dándole unas palmaditas de ánimo a Steve en el hombro.

Steve se quitó las gafas abrumado y las limpió minuciosamente.

—Nosotros sólo os hemos traído unas cuantas provisiones para esta noche —dijo Fred metiendo en la mochila de Steve una bolsa de plástico llena a rebosar—. Patatas fritas, chocolatinas, refrescos. Pero ándate con ojo, Willi, para que Steve no se lo zampe todo.

Luego Sardine abrió la puerta de la caravana y se fueron sumergiendo uno detrás de otro en el frío de la noche.

Sardine ya se había encargado de encerrar a las gallinas. En silencio, los Pigmeos siguieron los pasos de las chicas a través de la oscura explanada de hierba. De vez en cuando, alguno volvía la vista atrás hacia la caravana. Trude había dejado la luz encendida para que a la vuelta resultara más fácil encontrarla. La caravana suponía una auténtica tentación, con la bombilla colgada del techo y la ventana iluminada. Si hubieran podido elegir, habrían regresado adentro, se habrían acurrucado todos juntos al calorcito, habrían puesto música en el radiocasete de Meli y se habrían olvidado de todo aquel lío.

—Venga, vámonos —dijo Fred cuando Sardine cerró el portillo. Y tiritando del frío, Gallinas y Pigmeos se montaron en las bicis para acompañar a Willi.

No tardaron ni diez minutos en llegar a la casa donde vivía Willi.

—Como las cartas se hayan equivocado —dijo Steve mientras aparcaba su bici— y esta noche las cosas no salgan bien, pienso romperlas en mil pedazos con mis propias manos. Palabra de honor. —Con un hondo suspiro se echó el saco de dormir al hombro, se ajustó las gafas y fue hacia la puerta con Willi.

Melanie llamó al timbre y le dio a Willi un beso rápido y fugaz. Luego se escondió tímidamente detrás de él.

Los padres de Willi vivían en el tercer piso y, por más que las Gallinas y los Pigmeos pusieron todo su empeño en ser sigilosos, las pisadas de todos ellos subiendo las escaleras acabaron por armar alboroto. Un vecino del ático se asomó por la barandilla de la escalera para ver qué pasaba.

Al llegar al último tramo de escaleras Willi se puso

blanco como el papel, aunque se sentía arropado por los demás. Su madre se le lanzó a los brazos cuando aún no había llegado al último peldaño. Lo abrazó y lo estrujó como si por un momento hubiera llegado a pensar que nunca más volvería a verlo. El padre de Willi apareció en la puerta y apoyó la mano en el marco.

—Pero aquí no pueden quedarse todos a dormir —advirtió.

—No, no, a dormir sólo me quedo yo —dijo Steve, jugueteando nerviosamente con la cremallera del saco de dormir.

El padre de Willi asintió con un ligero movimiento de cabeza. Luego miró a Willi.

—¿A qué ha venido todo este teatro? —bufó.

Willi no dijo ni una sola palabra. Se limitó a mirar a su padre con las manos metidas en los bolsillos del abrigo; en uno, sus dedos encontraron el walkie-talkie y, en el otro, el bote de spray de Melanie. Steve se arrimó a él todo lo que pudo, eso le hizo sentirse bien.

—Esa maestra quería correr con todos los gastos —dijo su padre—. Hay que ver, como si fuéramos a consentir una cosa así. Tu abuelo se encargará de pagar el cristal y tú le irás devolviendo el dinero a plazos. Tardarás por lo menos cien años, pero se lo pagarás todo, ¿entendido?

—Vale —murmuró Willi, asintiendo.

Su padre se apartó a un lado.

—Venga, entrad —dijo—. ¿Habéis comido algo? Ese gordinflón seguro que siempre tiene hambre.

—Ya hemos comido. —Willi se volvió hacia los demás—. Hasta mañana —se despidió.

—Hasta mañana —respondió Melanie—. Y no os quedéis charlando hasta muy tarde.

—De eso ya nos encargamos nosotros —dijo el padre de Willi en un tono malhumorado—. Y vosotros marchaos ya a casa, no vaya ser que os pase algo por el camino.

Steve volvió la cabeza una última vez y miró a Fred y a Torte entornando los ojos.

Sin añadir nada más, el padre de Willi los empujó a él y a Willi hacia dentro de la casa y cerró la puerta.

Las Gallinas y los Pigmeos se quedaron allí plantados en las escaleras, sin moverse. La luz del pasillo se apagó.

—¡Mierda! ¿Dónde está el interruptor? —protestó Fred, tanteando la pared. Trude lo encontró.

—Vamos —dijo Sardine—. Larguémonos de aquí o al final volverá a enfadarse.

Bajaron las escaleras. De vez en cuando alguno de ellos se detenía y escuchaba. Se oía un bebé en alguna parte, y también un televisor tan alto que hasta se oía lo que decían desde las escaleras. Cuando salieron de nuevo a la oscuridad de la calle y cerraron la puerta tras de sí, se quedaron allí unos instantes más, todavía indecisos.

—Bueno, yo creo que ya es hora de que nosotras volvamos a la caravana —dijo Sardine al fin.

Los dos chicos asintieron. Parecían un poco desorientados. Trude los miró con lástima.

—También podríamos ir todos... —sugirió—. Quiero decir que...

—¡Ni hablar! —la interrumpió Sardine—. ¡Lo siento, pero me gustaría que pudiéramos estar por fin en nuestro cuartel sin Pigmeos!

—Para ser sincera, a mí también —murmuró Frida sin mirar a los chicos. Melanie no dijo nada. Sólo alzó la vista hacia la ventana del tercer piso.

226

—No pasa nada —dijo Fred, y arrastró consigo a Torte—. De todas formas yo tengo que irme a casa. Desde que ocurrió lo de la chatarrería me riñen en cuanto llego un cuarto de hora tarde. —Luego se volvió hacia Sardine y le dijo—: Ha sido una buena idea lo de los walkie-talkies. Póntelo debajo de la almohada para asegurarte de que lo oyes.

—No te preocupes, lo oiremos —dijo Melanie mientras empujaba la bicicleta por la calle—. Yo no creo que esta noche pegue ojo.

Cuando las chicas volvieron a cruzar el portillo con las bicicletas, la caravana tenía todo el aspecto de una casa encantada. La luz de la ventana les servía de guía a través de la oscuridad, y las bombillas del techo parecían una constelación de estrellas. Bajo sus pies oían crepitar la escarcha de la hierba. La noche estaba en calma, tan sólo el murmullo del tráfico se intuía a lo lejos, un murmullo sordo y lejano, muy lejano.

En el gallinero, las gallinas descansaban sobre las perchas con el plumaje ahuecado. Cuando Sardine se asomó a la puerta con mucho cuidado, algunas cloquearon bajito, como si hablaran en sueños.

Aquella noche nada ni nadie merodeaba entre el gallinero y la caravana, salvo Wilma que, con la pistola de agua en ristre, quiso revisar cada rincón al acecho de ladrones o algo aún peor. Alumbró con la linterna hasta debajo de la caravana, ante lo cual Frida comentó que allí abajo lo máximo que iba a encontrar era un ladrón congelado.

La luz y el calorcito del cuartel las acogieron al llegar. Hicieron una montaña con los abrigos, las bufandas, los

gorros y todas las demás prendas. Acto seguido Frida frió diez huevos de los que habían puesto sus propias gallinas y Trude, para que se evaporara el alcohol, puso a hervir las dos botellas de vino con especias que su padre había dejado en la despensa. A Melanie le parecía un disparate quitarle el alcohol, pero las demás vencieron por mayoría.

—¿Es que quieres que nos caigamos de las bicis si esta noche Willi llama pidiendo ayuda? —le preguntó Frida, y Sardine le colocó el walkie-talkie en la mano y le ordenó que se lo llevara al colchón y desapareciera mientras las demás preparaban la cena.

Melanie se acurrucó en la colchoneta hecha un guiñapo y se empezó a mordisquear un mechón de pelo con la mirada clavada en el walkie-talkie.

Los huevos fritos olían de maravilla.

—En primavera plantaremos unas verduras —dijo Sardine cuando estaban todas sentadas a la luz de las velas—. Las judías crecen en cualquier sitio y las cebollas también.

—A mí no me gustan las judías —murmuró Melanie.

—Ya, pero es que no se pueden plantar patatas fritas, Meli —respondió Wilma.

Trude soltó una risita a la que Melanie contestó con una mirada de indignación. De pronto, el walkie-talkie emitió un zumbido y Melanie dio tal respingo que el tenedor se le cayó al suelo.

—Oh, venga, que no va a pasar nada —dijo Frida, rodeándola con el brazo—. Steve está con él.

—Claro —dijo Sardine con la boca llena—. Además, ya has oído lo que decían las cartas de Steve.

Melanie jugueteaba con la comida del plato, sumida en sus pensamientos.

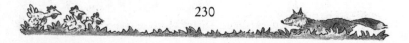

—Pero Steve no puede quedarse a dormir en la alfombra de Willi para siempre —murmuró.

—Bueno, ya, pero al padre de Willi tampoco puede durarle el enfado toda la vida —respondió Sardine.

Las demás guardaron silencio. A decir verdad no estaban tan seguras de eso.

Después de comer, se repantigaron en el inmenso colchón. Trude sacó unos edredones del armario y Frida llevó la bandeja con el vino hervido y una caja de bombones que su madre le había regalado para darle las gracias por cuidar de Luki en el turno de Titus.

—¿Qué les habéis dicho a vuestros padres? —preguntó Trude mientras estudiaba el papelito con las descripciones de los bombones—. Yo he dicho que me iba a dormir a casa de Sardine.

—Pues yo he dicho que me quedaba en tu casa —intervino Melanie, dándole un bocado a un bombón de praliné—. Les he explicado que tú estabas muuuuuy triste porque un primo tuyo, que era muy mono, se había ido. Además les he dicho a mis padres que a partir de ahora me quedaré a dormir más veces en casa de mis amigas. ¡En la casa nueva no puedo pegar ojo! Mi hermana rechina los dientes mientras duerme. ¡Me pone de los nervios!

—Yo también he dicho que me quedaba a dormir en casa de Sardine —dijo Wilma.

—Y yo —terció Frida, que bebió un trago de vino caliente y se recostó, entre bostezos, encima de los cojines.

—Oh, no —suspiró Sardine—. Esto puede fastidiarnos el plan. De las tres madres seguro que por lo menos una llama a mi casa. Mi madre no volverá hasta tarde, pero ¿qué pasa si una de vuestras madres se enrolla hablando en el contestador y pregunta qué tal está su niñita del alma?

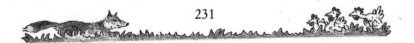

—¿No tenéis el contestador siempre lleno por el anuncio de Wilma? —preguntó Trude, que ya estaba otra vez toqueteándose el pendiente.

—Por suerte, de momento la cosa no es tan grave —dijo Sardine—. Hasta ahora sólo nos han dejado dos mensajes.

—Ah, ¿sí? Cuenta, cuenta —dijo Wilma, mirándola con ojos ávidos.

—Pues ha sido una cosa así. —Sardine carraspeó y tartamudeó con voz grave—: Sí, eh, hola. Sí, bueno, eh, yo, eh, llamaba por, eh, por lo del anuncio y, eh, bueno yo...

Las otras cuatro Gallinas estallaron en carcajadas.

—A lo mejor deberíamos pedirle a Steve que le echara las cartas a la madre de Sardine para enterarnos de si va a encontrar novio —apuntó Frida.

—Steve cobra cinco euros por leer las cartas —advirtió Trude mientras cogía otro bombón. De pronto fue consciente de que todas las miradas se volvían hacia ella y se ruborizó.

—¿Le has pedido a Steve que te leyera las cartas? —le preguntó Wilma sin salir de su asombro.

Trude se encogió de hombros y se ajustó las gafas.

Melanie se echó a reír.

—¿Qué querías saber? —se burló—. ¿Si ibas a casarte con Paolo y a tener un montón de niños con él?

—Mira que eres tonta. —Trude le dio la espalda bastante molesta.

—Por cierto, ¿has vuelto a saber algo de Paolo? —le preguntó Wilma al oído.

Trude se quitó las gafas para frotarse los ojos.

—Si tan interesadas estáis por saberlo —dijo—, Paolo me ha mandado un paquete.

—¡No! ¿Tan pronto? —Wilma se quedó boquiabierta, como si le faltara el aire—. ¡Pero si acaba de marcharse! ¿Y qué había dentro del paquete?

Trude volvió a colocarse las gafas con una sonrisa tímida.

—Mis chocolatinas favoritas y una carta.

—¿Una carta? ¿Y qué ponía? —Wilma agarró a Trude del brazo.

—¡Eso no es asunto tuyo! —Trude apartó el brazo y se echó a un lado—. Paolo también quería que Steve le echara las cartas, pero le pareció que cinco euros era demasiado caro.

—¿Y Torte habrá pagado también cinco euros? —se preguntó Wilma—. ¡Cinco euros para que Steve le dijera que Frida es el gran amor de su vida y que están hechos el uno para el otro! —exclamó retorciéndose de la risa. Tanto se carcajeaba que por poco se cae de la cama.

—¿Y tú qué? —replicó Frida, haciéndole tantas cosquillas que a Wilma ya apenas le llegaba el aire—. A ti seguro que te diría que acabarás como la abuela Slättberg, pegando tiros a diestro y siniestro con una pistola de fogueo.

—¡Basta! —jadeó Wilma—. ¡Basta, ya me callo, te lo prometo, pero para!

Frida paró.

—Tú serás muy buena espía —le dijo—, pero cualquiera sería capaz de sonsacarte los secretos de la pandilla con unas cuantas cosquillas.

—Bueno, por suerte no tenemos muchos secretos —aseveró Melanie.

Trude soltó una risita.

—De hecho, no tenemos ninguno, ¿no?

En aquel instante volvió a crepitar el walkie-talkie y Melanie, alarmada, se incorporó de un salto. Oyeron la voz de Steve.

—Gallinas, eh, Gallinas, responded, por favor. ¿Es que estáis incubando huevos?

—¿Dónde está ese trasto? —exclamó Melanie mientras revolvía la cama, presa del pánico.

—¡Todas abajo! —exclamó Sardine.

Las cinco Gallinas saltaron de la cama, miraron debajo de la caja de bombones, de la bandeja, de los cojines, sacudieron los edredones...

—¡Eooo! —exclamó Steve—. ¡Quiquiriquí, clo, clo, clo, clo! ¿Estáis todas dormidas?

Wilma se arrodilló en el suelo.

—A lo mejor se nos ha caído al suelo con el revuelo de las cosquillas.

—¡Ahí! ¡Está ahí! —gritó Melanie, apartándola a un lado—. ¡Estás aplastándolo con la rodilla! —Alborotada, pulsó el botón de habla—. ¿Sí? —susurró casi sin aliento—. Sí, ¿Steve? ¿Dónde está Willi? ¿Está todo bien?

—Sí, ¡todo va bien! —A Steve se le entendía perfectamente a pesar del fuerte chisporroteo que emitía el walkie-talkie—. Lo único malo es que tengo la espalda como si me hubiera aplastado un elefante. Odio los sacos de dormir. ¡Los odio!

—¿Me puedes pasar a Willi? —le dijo Melanie.

El aparato volvió a chisporrotear, luego oyeron la voz de Willi.

—¿Estáis todas despiertas? —refunfuñó Willi.

—Claro —respondió Melanie—. Las Gallinas cumplimos siempre nuestra palabra.

—No como los enanitos del bosque —musitó Sardine.

—¿Cómo ha ido todo? —preguntó Melanie con tono de preocupación—. ¿Ha dicho algo más tu padre?

—Nos ha soltado un sermón insoportable —gruñó Willi—. Que estaba disgustado porque yo me había ido de casa. Que en cierto modo le parecía muy bien lo de la excavadora, porque hay cosas que uno no puede tolerar. Puff, no te imaginas la cantidad de chorradas que ha soltado. Pero luego, cada vez que mi madre quería decir algo, él la interrumpía y no la dejaba hablar. Steve y yo hemos estado a punto de caernos de sueño y aburrimiento, de tanto rato como nos han tenido de pie en el pasillo aguantando el discurso. Después nos han dejado sentarnos en el sofá con ellos a ver una idiotez en la tele hasta que, de pronto, mi padre se ha dado cuenta de que mañana teníamos cole y entonces ha despotricado otro rato sobre la señorita Rose y ha vuelto a repetir que esa señora lo ha amenazado y que es un peligro para los alumnos. Al final nos ha mandado a la cama.

—¿A la cama? ¡Ojalá! Nos ha mandado a la alfombra —intervino Steve—. Y como a las diez todavía estábamos charlando, ha venido otra vez a reñirnos, pero ya no ha vuelto más.

—Bueno, nosotras nos quedaremos despiertas un rato, ¿vale? —dijo Melanie.

—No hace falta —aseguró Willi—. Cuando mi padre se duerme, no hay nada en el mundo capaz de despertarlo.

—¡Si lo oímos roncar desde aquí! —exclamó Steve.

—Vale —dijo Melanie jugueteando con su mechón de pelo—. Pues entonces, entonces... buenas noches.

—En cuanto cumpla dieciséis me largo de casa, eso seguro —dijo Willi—. Que duermas bien, Meli.

Melanie dejó el walkie-talkie a un lado y miró a las demás.

—Al final mi plan ha funcionado —señaló.

Sardine asintió con la cabeza.

—Era un buen plan —dijo Frida—. Muy bueno.

Melanie sonrió.

—¿Lo habéis oído? A él si le deja que la llame Meli —puntualizó Sardine acomodándose bien la almohada bajo la cabeza.

Melanie le sacó la lengua.

—¿Qué ha pasado con el corrector de los dientes? —le preguntó—. Ya no lo llevas nunca.

—Es que siempre se me olvida —murmuró Sardine, tumbándose de lado.

—Sí, sí, yo ya sé lo que pasa —dijo Wilma estirándose—. Yo también tuve uno. Era de un color horroroso, como de color carne. Pero nunca consiguen que las cosas tengan color carne de verdad y el trasto tiraba más bien a rosa cerdito.

Frida esbozó una sonrisa y se frotó los ojos. Trude se quitó las gafas entre bostezos y las guardó debajo de su almohada. Agotadas, se acurrucaron muy juntitas, se taparon hasta los ojos con los edredones y escucharon el silencio de la noche.

—Como ronques te vas a enterar —advirtió Melanie, dándole golpecitos con el dedo a Trude en la espalda.

—Y tú como hables en sueños... —murmuró Sardine por detrás de Melanie.

—¿Podemos dejar la luz encendida? —preguntó Wilma.

—Claro —murmuró Frida—. ¿Alguien ha puesto el despertador?

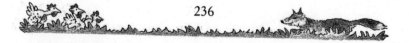

Sardine alzó la cabeza y lo comprobó.

—Sí, está puesto —dijo volviendo a bostezar—. Uy, ya es la una. Ya veréis, mañana nos vamos a caer de sueño en el cole...

—¡Mierda! —Frida se sentó en la cama—. Se nos ha olvidado llamar a la señorita Rose.

—Bueno, ahora ya no podemos hacer nada —dijo Melanie—. Venga, túmbate.

Con un suspiro, Frida volvió a acurrucarse entre las demás.

—¡Ahí fuera hay algo! —susurró Wilma.

—¡Qué va! —murmuró Melanie—. Además, tienes tu pistola a mano, ¿no?

Y al instante se quedaron dormidas. Una Gallina detrás de otra. Wilma fue la última.

Steve pasó tres noches en la alfombra de Willi, aunque tras la primera proclamó que aquello le dejaría inválido para el resto de su vida. Melanie se acostumbró a colocar el walkie-talkie junto a la almohada cuando se iba a la cama y charlaba un rato con Willi todas las noches antes de dormir. Después, Steve solía comentar esas conversaciones entre hondos suspiros de sufrimiento. Y al fin llegó la noche en que Steve, feliz y contento, pudo volver a acurrucarse en su propia cama. A pesar de que todos estaban nerviosos, no sucedió nada. Es más, Willi le confesó a Melanie por el walkie-talkie que ya no soportaba los ronquidos de Steve ni una sola noche más.

El padre de Willi redactó una carta de reclamación sobre la señorita Rose dirigida al director del colegio, pero no llegó a enviarla. Willi encontró los trocitos de papel rasgados en la papelera. Al sexto día de su regreso, Willi recibió la primera bofetada por haber llegado tarde a merendar. Después de aquello se fue a su habitación y colgó en el armario un gran pliego de papel con una casilla por cada uno de los meses que faltaban para su decimosexto cumpleaños, que, por cierto, eran muchos. Dos días más tarde, Fred y Torte encontraron un árbol idóneo para construir su nueva guarida. Se hallaba precisamente en el bosque que colindaba con el terreno del padre de Trude.

—Si construimos un mirador entre dos ramas de la copa —dijo Fred mientras los Pigmeos inspeccionaban el lugar—, tendremos la caravana de las Gallinas a tiro de piedra.

Los demás esbozaron una sonrisa socarrona.

—Pero esta vez mantendremos nuestro cuartel en secreto —advirtió Torte, volviéndose hacia Willi—. Y nada de traer aquí a ninguna chica.

—¿Y a mí qué me cuentas? —le espetó Willi—. Yo no fui el que invitó a Melanie a venir la primera vez. Fuiste tú, si no recuerdo mal.

—Es verdad —intervino Steve mientras daba una vuelta alrededor del árbol—. Torte fue el primero que la trajo. Lo que pasa es que como las chicas no lo soportan, salen corriendo despavoridas.

—Ah, ¿sí? —Torte intentó pillarlo, pero Steve se escondió detrás del siguiente árbol entre carcajadas—. ¡No, salen corriendo en cuanto te ven a ti! —replicó Torte, furibundo.

—Dejadlo ya —exigió Fred, dirigiéndose a los dos—. Mañana traemos la madera. Necesitamos tener un nuevo cuartel cuanto antes.

Sin embargo, la cabaña anterior no la habían construido en pleno invierno, y esta vez el frío les complicó mucho las cosas. Algunos días, los Pigmeos tenían los dedos tan congelados que apenas podían sostener el martillo. Además, cada día anochecía más temprano y, a menudo,

cuando acababan de hacer los deberes, ya no había suficiente luz.

Algunas tardes, Willi no podía ir a ayudar porque tenía que quedarse después de clase con la señorita Rose para recuperar los días que había perdido. Y a eso había que sumar las horas que trabajaba repartiendo periódicos: tenía que ahorrar dinero y pagar el parabrisas de la excavadora. De modo que, con tantas ocupaciones, no resultaba fácil encontrar un hueco para construir la cabaña. Además, quedaba con Melanie a menudo, aunque por supuesto eso no se lo contaba a los Pigmeos. Las Gallinas, sin embargo, sí lo sabían, porque Wilma había decidido seguir a Melanie uno de los días que supuestamente tenía cita con el dermatólogo. Y es que a Wilma había empezado a resultarle sospechoso que cuantos menos granos tenía Melanie, más frecuentes eran las citas con el médico.

En el colegio, Melanie y Willi apenas se dejaban ver juntos. Algunos días, por la mañana, en el cajón de Melanie aparecía una nota doblada que ésta guardaba disimuladamente en la mochila. Otras veces, Willi y ella desaparecían en el recreo y no había forma de encontrarlos, pero por regla general ambos mantenían en secreto lo que todo el mundo sabía. Todo lo contrario de lo que sucedía con Torte, que continuaba persiguiendo a Frida sin el menor disimulo. De un día para otro se acabaron los insultos y Frida volvió a recibir cartas de amor, como en el pasado, cartas de páginas y más páginas atiborradas de poemas copiados y letras de canciones escritas en un inglés macarrónico. Frida envió a las demás Gallinas de mensajeras para que le pidieran a Torte de su parte que se buscara otra amiga a la que enviarle las cartas. Incluso llegó a proponerle una lista con los nombres de las posibles candidatas, pero todos sus esfuerzos cayeron en saco roto.

Torte continuaba enviándole cartas.

—Steve tiene la culpa de todo esto —refunfuñaba Frida cada vez que recibía una carta y la guardaba en la mochila, pero Steve se negaba a asumir la responsabilidad. En casi todos los recreos recibía la visita de alguien que quería que le echara las cartas. Hasta los mayores acudían a él en busca de consejo. La mayoría de las veces eran chicas, pero de vez en cuando Steve también era abordado por algún que otro chico larguirucho que le susurraba su petición disimuladamente al oído.

Steve había bajado bastante los precios para lanzar el negocio. La información sobre las posibilidades de pasar de curso y otras cuestiones relacionadas con las notas costaba un euro (sin garantías, por supuesto), uno cincuenta las predicciones sobre la vida amorosa, y dos euros el pronóstico sobre el futuro laboral y las probabilidades de alcanzar fama, riqueza, etc. Esto último era lo más caro, argumentaba Steve, porque se trataba de un futuro lejano y, por tanto, resultaba mucho más complicado predecirlo. La mayoría de las veces se reunía a solas con el cliente en la biblioteca del colegio, donde podían acomodarse en algún rincón tranquilo. A medida que la noticia fue corriendo de boca en boca, cada vez más alumnos se colaban en la biblioteca y se entretenían durante los recreos escuchando a escondidas los augurios de Steve.

En efecto, y aunque parezca mentira, los Pigmeos lograron mantener en secreto el asunto de la construcción de su cabaña durante mucho tiempo. Aunque tal vez era porque las Gallinas estaban demasiado ocupadas con su propio cuartel. Sardine disponía de muchas tardes libres gracias a que la abuela Slättberg la había castigado sin entrar en su casa y en su huerto, así que pasaba casi todo el tiempo en la caravana. Solía hacer allí sus deberes con Trude, y Wilma se sumaba a ellas en cuanto acababa los suyos en casa. Frida faltaba sólo los días que tenía reunión con su grupo y, en ocasiones, llevaba a Luki consigo a la caravana, pero él ya no molestaba. El pequeño se pasaba horas en el gallinero buscando huevos y echándoles piedrecitas a las gallinas a través de la valla, aunque ellas nunca se las comían, claro. En cuanto a Melanie, de vez en cuando tenía que ausentarse a causa de las citas con el dermatólogo, pero en general iba bastante por el cuartel.

Con el paso de los días, la caravana cada vez se parecía más al auténtico cuartel que las Gallinas Locas habían soñado. Melanie había escrito en letras doradas el nombre de la pandilla en la puerta, y Frida había trasladado a la caravana su colección de gallinas, aunque por el momento la había colocado en lo alto de una estantería, fuera del alcance de Luki. Estaba compuesta de veintitrés gallinas: gallinas de yeso, de paja, de cristal y de porcelana. Incluso había algunas de mazapán, de chocolate y de bizcocho. Sobre el estante que el padre de Trude había colgado para exponer su colección de jarras de cerveza, las gallinas lucían mucho más. Las jarras de cerveza acabaron arrinconadas en el fondo del armario de la cocina. Wilma ensartó en un hilo un montón de plumas de gallinas que con paciencia infinita ella y Trude habían recogido del corral y lo colgó de la ventana. A Sardine y a Frida les encantó y, aunque Melanie puso mala cara al verlo, finalmente las plumas se quedaron donde estaban.

Luego a Sardine se le ocurrió que podían colgar en la pared una foto ampliada de cada una de las quince gallinas. Frida le «prestó» la cámara de fotos de Titus y Sardine fotografió a todas las gallinas mientras Trude las sostenía encima del brazo. Por dos veces Trude se manchó de caca de gallina, pero las fotos quedaron fantásticas. Wilma escribió en cada foto el nombre correspondiente con un rotulador dorado y colgaron todas las fotos en hilera en la pared de la caravana. La verdad es que después de aquello no sobraba mucho espacio para los pósters de Melanie. Para el de su grupo preferido encontró un hueco en la puerta del frigorífico y el de su actor favorito lo pegó finalmente en la letrina de fuera, donde ya al segundo día apareció con un chupetón pintado y, al tercero, con un bigote negro. Melanie, aunque no montó ningún drama por aquello. De todas formas pensaba cambiarlo al cabo de poco tiempo, pues la admiración por sus ídolos le duraba más o menos lo mismo que el frasquito de pintauñas.

—Ha quedado precioso —dijo Frida una gélida tarde de viernes, cuando estaban todas tumbadas en la colchoneta saboreando la llegada del fin de semana con un vaso de leche caliente con miel.

—¡Es el cuartel de pandilla más genial del mundo entero! —exclamó Sardine, cruzando las piernas—. Seguro que los Pigmeos están verdes de envidia.

—Ahora que ya hemos acabado con todo esto —anunció Wilma—, voy a empezar a espiarlos otra vez. Como muy tarde la semana que viene me habré enterado de dónde están construyendo su nueva cabaña. Palabra de Gallina.

—Ahora tenemos que buscar un buen escondite para el cofre del tesoro de las Gallinas —afirmó Frida—. No

puede quedarse mucho tiempo ahí fuera, en el corral, porque dentro de poco estará cubierto de cacas de gallina.

—Pero ¿qué te crees? Antes de esconderlo entre la paja lo metí dentro de una bolsa de plástico —dijo Sardine, que se quemó la lengua al darle un sorbo a la leche caliente.

—A mí tampoco me parece bien que el tesoro se quede ahí fuera —intervino Wilma—. ¿Cómo vamos a sacar el spray de autodefensa si alguien se cuela aquí algún día?

El temor permanente de Wilma a que alguien entrara en el cuartel las había llevado a tomar la decisión de incluir un bote de spray en el cofre del tesoro, pero evidentemente en el corral no les servía de gran cosa.

—Piensa un poco en las pobres gallinas, Wilma —dijo Frida entre carcajadas—. ¡Ellas también tienen que defenderse!

—¡Ja, ja! —Wilma se limpió con gesto de enfado una gota de leche de la rodilla—. Y para el libro de pandilla tampoco tenemos escondite. ¿O es que pensáis dejarlo debajo de la colchoneta para siempre?

—Yo creo que podemos prescindir del libro secreto —apuntó Melanie—. ¡Votación! ¿Quién está a favor? —dijo alzando el brazo.

—¡Es verdad, en el libro secreto no guardamos ni un solo secreto! —exclamó Frida, levantando las dos manos y desternillándose de la risa con Melanie.

—¡Os lo tomáis todo a broma! —protestó Wilma, indignada—. ¡En el libro figuran todos los nombres en código y los mensajes cifrados!

—A mí, sinceramente, ya empieza a cansarme toda esa tontería de los secretos —murmuró Trude—. Es mucho más divertido que nos quedemos aquí a gustito, todas juntas charlando y..., y además a mí se me olvida el códi-

go secreto cada dos por tres. No entiendo cómo habéis conseguido aprendéroslo vosotras.

—¡Qué va, si yo tampoco me acuerdo! —respondió Melanie, y le entró tal ataque de risa según iba a beber un trago que acabó con la cara salpicada de leche. Entre carcajada y carcajada, Frida le dio un pañuelo.

—¡Di algo de una vez! —exclamó Wilma apremiando a Sardine, que hasta aquel momento había guardado silencio y se estaba tomando tranquilamente la leche.

Sardine dejó la taza en el suelo, recorrió la caravana con la mirada y se encogió de hombros.

—Yo creo que Trude tiene razón —dijo al fin.

Wilma se quedó mirándola boquiabierta.

—¿Cómo? Pero, pero... ¿qué va a pasar entonces con las Gallinas Locas?

—Bueno, las Gallinas Locas somos nosotras —respondió Sardine—. Toda esa historia de los secretos, las bromas de las bombas fétidas, el código secreto, no es tan importante. Una cosa sí: a mí me gustaría enterarme de dónde están construyendo su guarida los Pigmeos, pero la verdad es que ya no tengo ganas de pasarme horas siguiéndolos a escondidas. Yo creo que sería mucho más chulo que cultiváramos juntas verduras, o que limpiáramos el gallinero, o sencillamente que nos quedáramos aquí tumbadas charlando. Hasta estoy dispuesta a escuchar la música empalagosa de Meli durante toda la tarde si nos quedamos aquí todas juntas.

—Pero eso... —La expresión de Wilma traslucía cierta angustia—. Eso no basta para ser una auténtica pandilla.

—Basta y sobra —terció Melanie, colocándose una almohada en la espalda—. Yo creo que ahora somos mejor pandilla que nunca, y al fin y al cabo, ¡qué más da que la

clave secreta para el gallinero sea «Laboratorio de química» o «Patio del colegio»!

Wilma, compungida, agachó la vista hacia la taza.

—Eh, no te pongas así. —Frida le lanzó un cojín a la cabeza—. Tú puedes seguir inventándote palabras del código secreto. Pero no hace falta que nosotras nos las aprendamos, ¿no?

—Claro —dijo Melanie—. Y, por cierto, a mí también me encantaría saber dónde está la guarida de los Pigmeos, así que el espionaje no tienes por qué abandonarlo.

—Bueno, vale, está bien —murmuró Wilma. Y esbozó una leve sonrisa—. Vigilaré a Steve. A él es fácil seguirle la pista.

—¡Ah, genial! —Sardine suspiró y se dejó caer de espaldas en la cama—. Todo esto es maravilloso. Mi abuela ya no puede cortarles la cabeza a las gallinas, las Gallinas Locas tenemos el mejor cuartel del mundo y mi madre ya sólo habla de Estados Unidos una vez cada cuatro o cinco días. Sólo nos queda un motivo de preocupación.

—Y esa cosa es... —dijo Frida.

—Los granos de Melanie —respondió Wilma, que volvió a recibir un almohadón en la cabeza.

—He encontrado unos arañazos bastante recientes en el gallinero —intervino Sardine—. Y unas cagadas sospechosas —añadió y dibujó un zorro en el aire con el dedo.

—¡Ay mi madre! —exclamó Trude.

—Yo ayer soñé que un día llegábamos y las gallinas habían desaparecido —dijo Frida—, que había plumas esparcidas por todas partes y que nosotras nos sentíamos culpables por haberlas traído aquí.

—Eh, esperad un momento —se impacientó Mela-

nie—. Si no fuera por nosotras haría ya mucho tiempo que las gallinas estarían no sólo sin plumas, ¡sino sin cabeza!

—Ya, pero aun así... —dijo Trude mirando hacia la hilera de fotografías que habían tomado de las gallinas—. Es realmente preocupante. ¿Quién podría echarnos una mano?

La abuela Slättberg les echó una mano.

El domingo por la mañana llamó por teléfono justo cuando Sardine estaba recogiendo la mesa del desayuno. Su madre estaba en la ducha.

—Pero ¿se puede saber qué pasa con vuestro teléfono, por el amor de Dios? —rezongó al oído de Sardine—. O me salta el contestador automático o comunica. ¿Es que ya has llegado a esa edad tonta en que uno se pasa horas hablando por teléfono con sus amigas aunque acabe de verlas en el colegio?

—Es que últimamente mamá recibe muchas llamadas —respondió Sardine. Esa mañana ya habían llamado tres hombres por el anuncio de Wilma. La madre de Sardine había decidido no volver a contestar al teléfono. «Todos los tipos que llamen un domingo por la mañana antes de las doce quedan automáticamente descartados», había sentenciado.

—¿Y por qué la llama tanta gente? —preguntó la abuela Slättberg en un tono áspero.

—Ni idea —respondió Sardine, dirigiendo una mueca al teléfono.

Su madre, por supuesto, no le había contado ni una palabra a A. S. del anuncio en la sección de contactos. ¿Para qué? Habían llamado muchos hombres interesados en la taxista madura, pero la madre de Sardine no había quedado con ninguno de ellos, para gran decepción de Wilma. Ella quería saberlo todo sobre cada una de las llamadas, pero Sardine había cumplido su palabra y no había vuelto a decir ni pío sobre los asuntos amorosos de su madre delante de las demás Gallinas. Bueno, ni pío, ni pío... no había dicho casi casi nada. Además, ella misma intentaba no darle muchas vueltas al asunto. Su madre seguía hablando inglés todos los días durante el desayuno y, en su mesita de noche, junto a unos patucos rosas de cuando Sardine era bebé, había dos billetes de avión a Nueva York para las vacaciones de primavera. Sardine había soñado tres veces ya que estaba sentada en el pupitre de un colegio y que no entendía ni jota de lo que decía nadie.

—Bueno, de todas formas no es asunto mío lo que haga tu madre —gruñó la abuela Slättberg—. Y no creas que te llamo para levantarte el castigo. Ni lo sueñes. Es que ahora tengo un perro y quiero saber si lo sacarás a pasear.

Sardine enmudeció. Debía de haber entendido mal a la abuela.

—¿Estás ahí? —preguntó A. S. secamente.

—Sí, pero... —titubeó Sardine.

—Desde luego, te pagaré por sacarlo a pasear —la interrumpió su abuela—. Con lechugas y verduras. Necesitas alimentos para esas viejas gallinas correosas. ¿O se las ha comido ya algún zorro?

—Todavía no —respondió Sardine—. Así que un perro, ¿eh? ¿Y cómo es? —preguntó.

—Pues tiene cuatro patas, una cola, dos orejas y un montón de dientes —respondió la abuela Slättberg—. Ahora ya no entrará nadie más en mi jardín a robar. Esa ridícula pistola no sirve ni para espantar a una pandilla de críos, eso ya ha quedado más que demostrado. Bueno, entonces qué, ¿lo sacarás a pasear?

Sardine se pasó la lengua por el aparato corrector de los dientes. ¿Y si todo aquello no era más que un truco? Un truco perverso para acorralarla y después... ¿Después qué?

—¡Para ya de arañar la puerta! —oyó refunfuñar a su abuela. De pronto se oyó llorar a un perro.

Era el sonido que hacen los perros cuando necesitan salir a pasear o quieren que les den de comer.

—¡Voy! —exclamó Sardine—. ¡En un minuto estoy ahí! —Y antes de que su abuela tuviera la oportunidad de decir algo, colgó el teléfono.

Se puso los zapatos en un pispás y fue al perchero a por el abrigo.

—¡Me voy a casa de la abuela! —exclamó al pasar por la puerta del cuarto de baño donde se estaba duchando su madre.

—¡Creía que te había castigado sin entrar en su casa y su jardín! —respondió extrañada, pero para entonces Sardine ya no estaba allí.

El perro se encontraba detrás de la verja del jardín y miraba hacia fuera a través de las rejas. Era una mezcla de por lo menos tres razas diferentes. Cuando vio a Sardine bajar de la bicicleta, comenzó a mover la cola, pero no emitió ni un solo ruido.

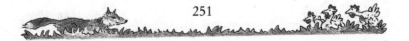

—¡Esta perra no ladra! —protestó la abuela Slättberg, quien salió de la casa cojeando—. Es que no ladra. ¿Cómo va a espantar a los ladrones? Tenía que haber elegido un macho, pero me dejé convencer por esa pavisosa de la perrera.

La perra asomó el estrecho hocico entre las rejas de la verja y olisqueó la rodilla de Sardine. Cuando Sardine se agachó y le tendió la mano, el animal comenzó a lamerle los dedos. Sardine sintió un cosquilleo y se echó a reír.

—Esta mañana, cuando ha pasado el camión de la basura —continuó rezongando A. S.—, tampoco ha dicho ni pío. Se ha puesto tan contenta y ha empezado a mover la cola. El perro de Feistkorn casi se desgañita de tanto ladrar cuando han vaciado su cubo de basura. ¡Y en cambio tú nada! —le recriminó a la perra mientras la miraba con expresión ceñuda—. ¿Cómo se enseña a ladrar a un perro?

La abuela Slättberg le rascó suavemente las orejas a la perra, agarró el collar y le enganchó la correa.

—A lo mejor tarda un poco —dijo Sardine, poniéndose de pie—. Hay que darle tiempo para que se acostumbre a todo.

—Ya, ojalá sea eso —murmuró la abuela—. Eso sí, el apetito no lo ha perdido. Y tú, ¿qué tal estás? —le preguntó a Sardine sin mirarla a la cara.

—Bien —respondió, y chascó la lengua en dirección a la perra.

—¿Y tu madre?

—Bien también. Ha comprado unos billetes de avión a Estados Unidos. Nos vamos en primavera.

—¿A Estados Unidos? Pensaba que no andaba bien de dinero. —La abuela Slättberg apartó a la perra a un

lado y abrió la verja—. Toma —dijo, entregándole la correa a Sardine—. Cuando vuelva a estar bien de la pierna, yo misma la sacaré a pasear. Pero con la muleta es capaz de tirarme al suelo.

—Sí, ya veo que tiene fuerza —comentó Sardine, enrollándose la correa alrededor de la mano mientras la perra brincaba de un lado a otro como loca—. Será mejor que me la lleve con la bici —añadió—. Así podrá desahogarse corriendo.

—Como no empiece a ladrar prontito, la devuelvo —gruñó la abuela Slättberg, apoyándose en la verja—. Si es que no me la robas tú antes.

A Sardine se le subieron los colores.

—¿Por qué? —preguntó mirando a su abuela—. ¿Es que piensas matarla si no ladra?

Aquel comentario logró arrancarle una leve sonrisa a la abuela Slättberg.

—Igualita que tu madre —dijo mientras la perra tiraba con fuerza de la bicicleta de Sardine—. Ella siempre decía que quería quedarse con los conejos hasta que se murieran de viejos.

—¿Y qué tiene eso de malo? —respondió Sardine, que se montó en la bicicleta y acarició el lomo de la perra—. ¿Cómo se llama?

La abuela Slättberg encogió los hombros.

—Tú misma, búscale un nombre. A ti te gustan esas cosas. Me extraña que todavía no hayas elegido un nombre para las coles de Bruselas.

—De momento la llamaré *Bella* —dijo Sardine—. De alguna forma hay que llamarla.

Su abuela se dio la vuelta.

—Hazla correr hasta que acabe con la lengua fuera

—dijo volviendo la cabeza—. Me va a volver loca como se me siga subiendo a las piernas. A lo mejor debería encerrarla en el corral de las gallinas hasta que me compre otras.

—¿Has oído eso? ¡No sabes la que te espera! —susurró Sardine, que arrastró la bici hasta la carretera y se puso en marcha con mucho cuidado. La perra salió disparada como una bala y Sardine estuvo a punto de caerse al suelo—. ¡Eh, no tan deprisa! —exclamó, y giró el manillar para tirar de la perra hacia la bici—. ¿Sabes qué vamos a hacer ahora, *Bella*? Vamos a ir a ver una caravana preciosísima. Y allí te voy a presentar a unas gallinas. Las hay con y sin plumas. Luego tú harás pis unas cuantas veces en las paredes del gallinero para que esta noche los zorros se asusten y no vuelvan por allí. Y después practicaremos unos ladridos, ¿qué te parece?

La perra corría tan rápido que daba la impresión de que sabía adónde iba. «Me la llevaré todos los días a la caravana —pensó Sardine—. A lo mejor hasta puedo quedármela una noche. Así espantaremos a los zorros. —Y luego se preguntó—: ¿No le tenía Melanie miedo a los perros?»

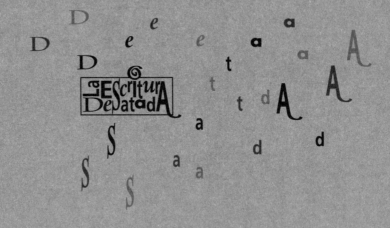

La ESCRITURA DESatada